26ª edição

Lúcia Pimentel Góes

Vínculos

ENTRE LINHAS
COTIDIANO

Ilustrações: Alberto Lima

Atual Editora

Série Entre Linhas

Editor • Henrique Félix
Assistente editorial • Jacqueline F. de Barros
Preparação de texto • Lúcia Leal Ferreira
Revisão de texto • Pedro Cunha Jr. (coord.)/Marcelo Zanon/Edilene Martins dos Santos

Gerente de arte • Nair de Medeiros Barbosa
Supervisão de arte • Marco Aurélio Sismotto
Diagramação • Setsumi Sinzato
Projeto gráfico de capa e miolo • Homem de Melo & Troia Design
Produtor gráfico • Rogério Strelciuc

Suplemento de leitura e projeto de trabalho interdisciplinar • Maria A. V. S. Pereira

Dados Internacionais de Catalogação na Publicação (CIP)

Góes, Lúcia Pimentel
Vínculos / Lúcia Pimentel Góes ; ilustrações Alberto Lima. – 26ª ed. – São Paulo : Atual, 2009. – (Entre Linhas: Cotidiano)

Inclui roteiro de leitura
ISBN 978-85-357-0299-6

1. Literatura infantojuvenil I. Lima, Alberto. II. Título. III. Série.

CDD-028.5

Índices para catálogo sistemático:

1. Literatura infantojuvenil 028.5
2. Literatura juvenil 028.5

SARAIVA Educação S.A.
Avenida das Nações Unidas, 7221 – Pinheiros
CEP 05425-902 – São Paulo – SP – Tel.: (0xx11) 4003-3061

www.coletivoleitor.com.br
atendimento@aticascipione.com.br

10ª tiragem, 2023

CL: 810384
CAE: 576002

Para minha sobrinha,
Bete Della Rosa Pimentel.

Sumário

Parte 1

Parte II

Parte III

Parte IV

Parte 1

As crianças crescem tanto, e continuam tão jardim, mas tão jardim na tarde rubra.

Carlos Drummond de Andrade

Tempos de repressão, violência

Teresa, exausta, está sentada na casa em que vivera desde o casamento, olhando para as salas vazias. Que trabalhão para guardar tudo e separar os objetos mais caros!

Quando Célia, a segunda filha, completou um ano, ela e o marido resolveram mudar de casa. Aquela ficara pequena. Rui fez um lance na Caixa Econômica e conseguiu comprar uma casa no Brooklyn, com quintal, jardim na frente e, o principal, três ótimos quartos.

Mudança é reviravolta geral. Guardar, encaixotar, desfazer-se do que perdeu a utilidade. Balanço geral nos guardados...

Teresa olha novamente para as paredes da velha casa. Como num *flash*, sua cabeça fica povoada de recordações.

"Ah! Que reunião foi aquela do meu primeiro aniversário depois de casada! Já passara um ano de nosso casamento e ainda não tínhamos filho. Esse fato começava a me incomodar. Foi quando os amigos e parentes apareceram para me cumprimentar pelo aniversário.

O casamento fora o resultado do que se pode chamar um caso de amor à primeira vista. Eu e Rui nos encontramos numa festa e nos apaixonamos no mesmo instante. O namoro foi um tempo romântico que durou três anos e que aumentou a certeza de que nos amávamos. Marcamos o casamento e iniciamos a luta para pagar a compra da casa e o sustento de cada dia. Tão absorvidos estávamos no trabalho que não participávamos tão intensamente quanto nossos amigos da grave situação que o país vivia.

São Paulo acordava ao som de bombas, sequestros aconteciam, guerrilha, terrorismo. Veio a revolução, a repressão, a censura. Os ânimos andavam exaltados, discutia-se política apaixonadamente. Era o que acontecia naquela noite. Eu entrei na sala com uma bandeja de sanduíches quando fui interpelada por Mônica, amiga de longa data:

– Teresa, o que acha: existe ou não existe injustiça social?

– Claro que há muita injustiça social. É só olhar para as favelas.

Foi como soprar a fogueira.

O namorado de Mônica, muito exaltado, fuzilando de raiva, me acusou:

– Você é uma comunista.

Refutei, apontei a miséria das favelas, os milhões de menores abandonados, outro tanto de crianças subnutridas, doentes. Mas de nada adiantou. Carlos era reacionário e teimoso. Tive a certeza de que não adiantaria argumentar. Carlos era o tipo de pessoa criada com certos privilégios e encastelada numa visão utópica da vida. O egoísmo e o próprio bem-estar falavam muito alto.

Outra onda de furiosa discussão e a reunião terminou com separações e desencontros que a vida revelou definitivos. Era hora de definições, de cada um assumir sua posição na vida social e política do país. Antigas amizades se desfizeram naquela noite. Talvez fossem frágeis demais para se sustentarem acima das divergências pessoais, permanecendo o respeito mútuo.

Rui e eu ficamos bastante abalados, mas não a ponto de prejudicar nossas atividades. Eu trabalhava muito, pois, além dos afazeres de casa, tinha uma loja de presentes. A maioria deles feita por mim. Minhas mãos, felizmente, eram hábeis e meus dedos, ágeis: confeccionavam lindas bonecas, cabides, estojos de joias, mil e uma miudezas.

Rui, engenheiro florestal, trabalhava em projetos ecológicos e em planejamento para o governo ou para particulares. Muitas noites continuava em casa suas pesquisas.

Apesar dessa vida ativa, começamos a sentir um grande vazio. Não fora a perda dos antigos companheiros, não. Novas amizades nascem a cada momento, a vida é feita de encontros e desencontros. O vazio vinha de não termos filhos. Queríamos tanto um bebê, mas ele não se anunciava.

Fiz uma série de exames. Depois foi a vez do Rui. Não se registrou nenhuma anomalia. Tudo normal conosco. Fomos aconselhados a esperar. Muita calma, nada de ansiedade, pois o problema poderia ser psicológico. Tínhamos completado três anos de casados. Esperamos mais três.

Certa noite tive um sonho: estava num quarto alegre, enfeitado com bichos e brinquedos. No centro um lindo berço e, dentro dele, um bebê. Abri o cortinado, o bebê sorriu: tinha cabelos pretos e era uma menina. Peguei-a nos braços, apertando-a de encontro ao peito.

Nisto acordei e percebi que apertava o travesseiro. Mas ainda sentia o calor gostoso da filhinha.

Um grande vazio

Nos dias seguintes ao sonho, descobria-me, muitas vezes, pensando num bebê. Imaginava cenas diversas: preparando o banho, as mamadeiras, trocando fraldas, cuidando das roupinhas. Eram como *flashes* passando por minha mente.

Comecei a pensar seriamente em adotar uma criança. O primeiro passo foi procurar os endereços. Preparei uma lista deles. Depois, arranjando coragem, esperei o Rui.

– Queria falar com você.

Tínhamos jantado e ele pegara o jornal para ler.

– Pode falar, querida, estou ouvindo.

Vim para perto dele, ajoelhei na sua frente.

– Rui, quero adotar uma criança. Cansei de esperar, não aguento mais.

– Você tem certeza? Gostaria de pensar mais antes de chegar a uma solução como essa.

– Eu não. Já esperei seis anos. É um longo tempo. Quero um bebê, cuidar dele, abraçá-lo, amá-lo. Depois, se tivermos filhos nossos, isso não fará diferença. Serão todos irmãos e queridos.

Discutimos o assunto por muito tempo. Ponderamos bastante, examinamos os vários aspectos da questão. Por fim Rui concordou:

– Pode providenciar tudo. Procure o juiz de menores.

Dei um pulo e um beijo estalado em Rui e perguntei:

– Você concordaria em adotar uma menina?

– Claro, querida. Você escolhe a criança. Para mim, menino ou menina está tudo bem.

Nessa ocasião fiquei atarefadíssima: compareci às entrevistas, preparei os papéis. Depois de tudo pronto, veio a espera. Eu queria adotar um bebê recém-nascido cuja mãe não o quisesse criar.

Teria que aguardar o chamado da irmã que cuidava da casa Amparo Maternal.

Preparei com carinho o enxoval. Tricotei casacos e sapatinhos, comprei as fraldas, bordei camisinhas.

Vivíamos lendo livros sobre como cuidar de bebês.

Era tempo de espera.

Foi longa a espera

Certa manhã, o telefone tocou. Atendi: era da casa Amparo Maternal.

– Dona Teresa está?

– Ela mesma é quem fala.

– Sou a irmã Dulce. Nasceu uma menina durante a madrugada. Criança sadia, nas condições que a senhora deseja. Quer vir vê-la?

– Vou sim, irmã. Muito obrigada. Telefonarei para meu marido e iremos juntos. Provavelmente na hora do almoço. Fica mais fácil para o Rui deixar o escritório.

– Está bem, ficarei aguardando sua chegada.

Com o coração aos pulos, excitada, puxei uma cadeira e sentei. Que bom! Chegou o momento tão desejado... Foi longa a espera, mas terminou.

– Nossa, preciso avisar o Rui!

Telefonei, expliquei tudo para ele. Assim que pudesse, Rui viria para casa.

Recordei as palavras da irmã Dulce: 'Nossa intenção e objetivo é fazer com que as mães fiquem com seus filhos. Fazemos tudo para conscientizá-las, quando nos procuram e ficam sob nossos cuidados, do valor de ser mãe, da importância do amor para as crianças, do terrível fardo que é a orfandade. Procuramos ajudá-las a enfrentar os parentes intolerantes'.

Muitos são os casos, nas cidades grandes, de moças do interior que vêm para cá sozinhas e engravidam. Depois, morrem de medo da rejeição da família, das surras prometidas por pais truculentos. É comum ouvir-se:

– É a maior vergonha pra minha gente. Meu pai me mata.

Muitas não procuram nunca mais os parentes. Outras tantas sofrem tremenda decepção, acreditaram nos namorados e foram traídas.

– Ele me prometeu casamento. Pediu prova de amor. É um cachorro, só me enganou.

Raras são as que conseguem trabalho, tendo bebê para cuidar. Faltam creches, a maioria dos patrões não aceita empregada com filho. Enfim, são apoiadas pelas irmãs e assistentes sociais, que fazem o impossível para socorrê-las.

Despertei desses pensamentos e fui para o quarto que seria do bebê. Que alegria experimentei ao escolher a roupa de cama e ao preparar o berço. Depois passei o aspirador, tirei o pó dos móveis.

O tempo voara. Não demorou e ouvi o ruído da porta da frente. Rui tinha chegado. Abraçamo-nos.

– Está feliz, querida?

– Ah! Eu nem acredito!

Almoçamos apressados, fomos de carro. A irmã nos recebeu sorridente.

– Vão gostar da criança. É muito bonitinha. Infelizmente, a mãe não poderá ficar com a filha. Não lhes darei os pormenores, pois são sigilosos. Ela preferiu não ver a criança. A separação seria mais cruel. Vamos ao berçário?

Seguimos os três até o terceiro andar. Irmã Dulce chamou a plantonista e indicou a criança. Pouco depois, eu segurava o bebê. Olhos fechados. Bastante cabelo.

Com a criança nos braços, refizemos o caminho até o escritório da Irmã, que nos forneceu os papéis, pediu as assinaturas e registrou tudo num livro.

– Só falta o juiz homologar a adoção.

Felizes, agradecemos à Irmã.

– Que Deus os abençoe. Façam esta criança feliz.

– Nós prometemos.

– Sabe, irmã, já escolhemos o nome dela. Vai se chamar Laura. Era o nome de minha avó.

– Vão em paz.

Laurinha dormia como um anjo no meu colo. E assim foi até em casa, não acordou nem quando foi posta no berço.

Corri para a cozinha. Com as receitas que me deram, fervi as mamadeiras, preparei o leite, deixei tudo pronto até a manhã seguinte.

De repente, ouvi um choro forte e levei o maior susto. Enquanto subia as escadas sorri, acalmando-me e lembrando que todos os bebês choram e que isso faz muito bem para os pulmões.

– Ah, filhinha! Está com fome, não? Hora da mamadeira.

Aconcheguei bem a criança nos meus braços, dei-lhe o leite com todo o carinho. Afagava-lhe as mãozinhas, passava os dedos na sua pele lisa como seda. Não me cansava de sentir o calor daquele corpinho, de avaliar a delicadeza de um ser tão frágil e pequeno.

Meu bebê!

Fiquei dividida em mil cuidados e atenções com Laurinha. A roupa sempre bem lavada e passada, os banhos gostosos na temperatura certa, as mamadeiras.

Então participamos o nascimento de nossa filha aos parentes e amigos que moravam em outras cidades e aos que não eram íntimos. Portanto, para muitos, Laurinha era nossa filha de sangue, nem souberam da adoção. Só mesmo algumas pessoas, os vizinhos, conheciam a verdade. Com meio mês de vida Laurinha foi batizada. Toda de branco, ficou a coisa mais fofa deste mundo.

Os dias passavam rapidamente. As preocupações com o trabalho, a casa, a menina absorviam nossa atenção. Mas vivíamos serenos, satisfeitos com o que a vida nos oferecia.

O que provocava, porém, mal-estar, indignação, era o rumo que a situação social tomava. Violência gera violência: a represália ao terrorismo veio intensa. O país foi mergulhado no obscurantismo, no autoritarismo, acabaram-se os debates livres, a crítica, as condições mínimas de liberdade. Ninguém esclarecido podia deixar de preocupar-se.

Para Laurinha, a vida corria mansa. Ganhava peso e tamanho. Na ocasião certa sentou-se, surgiram os primeiros dentes. Com dez meses, ficou gripada e com dor de garganta.

A cena veio-me à mente em cores vivas:

– Rui, Laurinha está com febre alta. Vou levá-la ao médico.

O médico atendeu, confirmou gripe com garganta inflamada. A febre surgiu numa quarta-feira. Até sexta ela tinha sarado da garganta, mas estava muito abatida: quase não comera naqueles dias, provavelmente por causa dos remédios tomados. Sábado de manhã acordou com o intestino solto. E foi piorando. Chamei o médico.

– Jejum. A criança só pode tomar soro, água fervida ou chá e os remédios prescritos.

Nada adiantara. A cada hora que passava Laurinha parecia pior. O médico voltou mais duas vezes. À tardinha a diarreia, totalmente líquida, saía em jatos. Removeram Laurinha às pressas para um hospital infantil.

Fiquei no quarto, ajoelhada e rezando, arrasada. Depois fui preparar uma maleta com roupas dela. A roupa para lavar formava um monte. Eu estava muito abatida, sofrendo intensamente. O médico me deu um tranquilizante e ordenou repouso absoluto.

Junto com Laurinha, tinham seguido para o hospital Rui, o médico e meus pais.

Madrugada alta, Rui voltou. Entrou com cuidado no quarto e me acordou com ternura.

– Teresa, meu bem, nossa filha passou grave risco de vida. Estava tão fraca que não conseguiram achar uma veia para o soro. Só no pezinho isso foi possível. Mais um pouco e ela teria morrido.

– Como está agora?

– O pior já passou. O caso é grave, mas com o soro e a transfusão de sangue ela se recuperará pouco a pouco.

Na manhã seguinte, quando abri a porta do quarto no hospital, Laurinha estremeceu. Parou de choramingar e disse: *mã*.

Aumentou minha angústia ante aquele quadro. Laura estava com soro preso aos pés, os bracinhos e pernas presos à cama. Fiquei passando-lhe a mão na testa e ela foi se acalmando.

Ficamos quatro dias no hospital. Depois Laurinha teve alta. O período que se seguiu, o de realimentação, foi de muito trabalho. Exigiu muita dedicação.

Os laços entre mim e minha filha se estreitavam cada vez mais, a ponto de me esquecer que Laurinha era adotada. Sentia-a como filha muito minha e se alguém dissesse o contrário me magoaria profundamente.

Felizmente, o período de recuperação transcorreu bem e Laurinha ganhou novamente peso. Voltou a ser alegre e travessa. Os maus dias tinham ficado para trás.

Nas vésperas de completar um ano, Laurinha deu seus primeiros passos. Rui e eu sentimos um enorme orgulho: nossa filhinha já andava.

O seu primeiro aniversário teve bolo e velinhas, um bando de crianças e amigos nossos.

Laurinha era a alegria da casa.

Novidade vem por aí

Envolvia-me com minhas tarefas de mãe e dona de casa. Não descuidava da loja, onde muito me ajudava uma tia que contratara como gerente. Tia Ada: mulher magra, alta, eficiente e organizada.

Para Ada o emprego fora um achado, pois estava encontrando dificuldades em sustentar-se e não queria dever favores à irmã em cuja casa morava. Eu não podia dedicar todo tempo à loja e a tia trouxe-me a ajuda de que necessitava.

Fazia já alguns dias, andava me sentindo diferente: um pouco atordoada, sensação estranha no estômago.

Uma tarde, sofri um desalento, um torpor pesado que pedia descanso, inatividade. Chamei Laurinha e fui sentar-me no terraço, enquanto ela brincava no gramado. De repente, tudo escureceu, a cabeça rodou e desmaiei.

Quando dei acordo de mim, Elza, a empregada, abanava-me o rosto e Laurinha perguntava:

– Mãe, dodói? Dodói?

– Não é nada, não.

– Eu passava pela sala quando ouvi a menina falando e a senhora não respondia. Vim ver o que era e a encontrei sem sentidos.

Elza trouxe-me um copo d'água com açúcar. Aconselhou:

– Acho bom a senhora ver o que é que tem, consultar um médico. Vá deitar que eu fico com a menina.

Aceitei a sugestão. Dormi um pouco. Quando acordei, telefonei para minha mãe e lhe contei do desmaio. Não demorou e meus pais chegavam:

– Que foi isso, filha? Você nunca foi dada a desmaios. Estou estranhando.

E papai:

– Está me parecendo novidade que vem por aí...

Senti um baque, como se me tivessem dado um soco. Lembrei: 'É mesmo, posso estar grávida. A menstruação está atrasada e isso é raro me acontecer'.

Dulce e Leo passaram a tarde comigo. Dulce distraiu a neta, Leo viu televisão, e achei melhor ficar deitada.

Rui, ao chegar, soube das novidades e determinou:

– Cedinho você marca consulta no ginecologista. Logo saberemos ao certo.

Consulta feita, o exame de laboratório veio com um 'Positivo'. Foi aquela festa. Rui me abraçou carinhosamente.

– Que alegria! Um filho nosso... Tão nosso quanto Laurinha.

Nove meses. Espera cheia de promessas: menino ou menina? Aos poucos falava de outro nenê para Laurinha.

– Você vai ganhar um irmãozinho. Um nenê virá logo para casa.

Loja, casa, Laurinha, novo enxoval, a ciranda dos dias a rodar ligeira, alegre, pequenas preocupações, muita atividade.

Os ventos furiosos que tomavam conta da nação não nos fustigavam. Porém, como o quente noroeste em sua passagem tornava a atmosfera pesada e deprimente, tais ventos geravam em todas as pessoas angústias, revoltas, insatisfação.

O que fazer? Engolir a indignação, pois Rui e eu não tínhamos meios de atuação. O máximo que podíamos fazer era discutir com os amigos e trocar críticas violentas sobre os acontecimentos. Os jornais e outros meios de comunicação estavam sob rigorosa censura.

E a gente ficava pensando: onde foram parar os ideais democráticos do Brasil? Onde ficou a liberdade de pensamento, a liberdade de ação, de religião? A situação do país era gravíssima.

Soou a hora esperada. Tive um parto demorado, sofri um bocado, pois o útero ficara colado na cabeça do nenê e esse fato exigiu técnicas especiais. Nasceu uma menina.

Uma semana de maternidade, visitas, amamentação. Laurinha tinha ficado com vovó Dulce e pedia a todo momento para me ver. Quando me visitava, não queria me deixar e era levada embora chorando.

Foram dias de intensa atividade na minha vida diária. Tudo correu bem. Laurinha pareceu muito feliz com a irmãzinha e puxava todos que chegavam em casa para "Ver nenê", que recebeu o nome de Célia, e cresceu forte e sadia.

Para Rui e para mim, a vida passava rapidamente, voltada para o trabalho de ganhar o sustento e zelar pelas meninas. Às vezes jantávamos fora, íamos ao cinema ou ao teatro. Para essas saídas contávamos com Elza, empregada amiga de absoluta confiança. Ela adorava as meninas, cuidava delas como se fossem suas filhas.

Eu sempre dizia:

– Não sei o que seria de mim sem você, Elza.

– Pois sossegue. Meu irmão mora lá na Bahia, tá bem? Vocês são para mim como minha gente. Se eu precisar, vão me valer.

Outros que sempre estavam dispostos a ficar com as netas e ajudavam em tudo eram Dulce e Leo, meus pais. Não passava um dia sem que visitassem as netas. Acompanharam as crianças com amor e carinho."

Teresa acordou do devaneio no qual mergulhara com suas recordações. Deu um último olhar para a casa e foi para o carro, onde Rui a aguardava. Ele já tinha levado as crianças e Elza para a casa nova.

Enfim, recomeçaram a rotina no novo lar.

Laurinha, no seu quarto aniversário, ganhou um cãozinho, o Bruno. Começou, então, entre a menina e o cão, uma amizade fortíssima, um entendimento raro de se ver. Um não largava o outro.

Célia, com três anos, gostava do cão, mas a distância. De quem ela não se separava era de sua boneca Rita. Vivia arrastando-a pela casa e chorava quando a esquecia em algum canto e não a achava. Passava muito tempo alisando os cabelos de Rita, conversando e brincando com ela.

Fato curioso: desde o momento em que Laurinha ganhara o Bruno, fora se afastando de Célia.

Tempos de crise

Dois anos depois, Teresa teve outra menina, Clara.

A vida andava difícil. Rui empenhava-se muito no trabalho, mas os tempos eram de crise. Aumento de ordenado não vinha. O mundo readaptava-se diante da falta de petróleo e de seus altos preços. Havia muito desemprego, insatisfações, alta do custo de vida, inflação galopante.

No Brasil, a repressão assustava as pessoas. Ouvia-se falar de desaparecidos, torturas, perseguições.

Começaram as cassações dos direitos políticos. Elevado número de professores, cientistas, artistas, políticos, enfim, uma elite pensante, foi exilada.

Volta e meia novos casos vinham a lume, todos lamentáveis.

Defendendo-se contra os vagalhões lá fora, Teresa e Rui tinham um ao outro e às três meninas. Lutavam por elas, assistindo-as e desejando que tempos melhores chegassem para todos eles.

Para aumentar as preocupações, Dulce e Leo viveram horas difíceis. Leo tinha uma pequena fazenda de café e a geada deixou-o sem ganhos por três anos. Vivia assoberbado de dívidas, que não o deixavam dormir nem ter tranquilidade. Dulce desabafava com Teresa, contando que temia por Leo.

– Ele pode ter um enfarte, filha. Não sei como está aguentando.

Rui socorreu o sogro como pôde. Mas seu dinheiro era curto e as economias se foram. O dinheiro mal dava para os compromissos de compra da casa, comida, médico e remédios.

Teresa chegou a pensar em fechar sua loja. As vendas vinham caindo muito. Reduziu drasticamente os gastos, ficou com um estoque pequeno.

Assim, aguentou as poucas vendas até que a situação foi lentamente melhorando.

O relógio daqueles tempos marcava apenas horas de preocupação e trabalho.

Parte II

Quero fugir ao mistério
Para onde fugirei?
Ela é a vida e a morte
Ó dor, aonde me irei?

Fernando Pessoa

Laurinha, Célia, Clara

Laurinha completaria catorze anos em breve. Era um misto de vivacidade e impaciência. Muito sensível, qualquer coisa a afetava. Havia algo de muito intenso nela. Era especialmente atraente. O cabelo preto e fino ficava preso dos lados da cabeça por fivelas. Seus olhos pretos brilhavam, seu olhar era penetrante.

Laura acabava de ter mais uma de suas violentas discussões com as irmãs. Há muito formavam duas facções: Laura de um lado, Célia e Clara de outro.

Muitas vezes Teresa desabafava com Rui:

– Qual é a razão dessa situação? Nós nunca fizemos diferença entre elas.

– Paciência, querida, com o tempo isso acaba. Todos os irmãos brigam.

Continuavam a dividir com as três seus carinhos, sem preferências ou distinções.

Célia, apenas um ano mais nova do que Laurinha, estava com treze. Era magra, esguia, inquieta, mais alta do que as outras irmãs. Tinha cabelos ondulados e castanho-claros, de um tom especial, quase dourado.

Célia parecia-se com a mãe: tudo que fazia com as mãos saía benfeito, bonito, gracioso. Costurava muito bem, bordava, pintava e gostava de ajudar Teresa na confecção dos objetos da loja. Estava na sexta série, Laurinha, na sétima.

Clara era bem diferente das outras duas. Tinha cabeleira esplendorosa, com fartos cabelos loiros que usava presos em rabo, ou em duas grossas tranças. O nariz pequeno e benfeito, grandes olhos rasgados, verdes, de gata. Alta para seus nove anos, prometia tornar-se uma jovem encantadora.

Tudo nela era marcante: gênio explosivo, faladeira, voz forte, gestos exuberantes. Gostava muito de ler e, desde que começara a estudar, fazia-o com grande seriedade e prazer.

Por ser a menor, recebia dos avós e amigos da casa um pouco mais de mimo. Desde pequena sentia ciúme das irmãs, principalmente de Laura, a quem gostava de atormentar. Tinha na avó uma aliada incondicional, sempre pronta a defendê-la. Dulce a considerava neta caçula, portanto com direitos que as outras não tinham. Assim, fazia-lhe todas as vontades.

Clara, muito sabida, aproveitava as oportunidades para obter pequenos privilégios e vantagens.

Se Laura tinha seu cão Bruno, Célia, sua boneca Rita e os objetos que fazia, Clara se contentava com suas leituras e brincadeiras com as amiguinhas. Tinha uma estante só dela, presente da avó, onde guardava seus livros. Todos os dias, tirava-lhes o pó. Arrumava, folheava, escolhia um para ler ou reler.

Laurinha tinha um quarto só dela, enquanto Clara e Célia dividiam outro. Inconscientemente, Teresa facilitara o isolamento de Laura, que se refugiava cada vez mais no próprio quarto e dentro de si mesma. Já Célia e Clara compartilhavam as impressões e tudo que lhes acontecia. Sentiam-se distanciadas de Laurinha.

Clara, na sua exuberante franqueza, comentou com a irmã:

– Sabe, Célia, acho que a Laurinha não gosta da gente. Ela implica com tudo que eu faço e com você também.

– É mesmo. Pensa que é moça e a gente é criança, evita nossa companhia.

– Pior para ela. Estou pouco me importando.

– Eu não, Clara. Ela é nossa irmã, preferia que a gente fosse mais amiga.

Acidente, perda

Naquela manhã de sábado, Laurinha fora para o quintal cuidar de Bruno. O quintal era espaçoso: a parte que rodeava a casa era cimentada, e a outra, continuando a primeira, de terra. Ali, Teresa tinha plantado algumas árvores frutíferas, como goiabeira, caquizeiro e limoeiro. Encostado ao muro do fundo do quintal ficava o canil. Nos corredores laterais da casa havia canteiros com folhagens e roseiras.

Teresa tinha enorme prazer em lidar com as plantas e elas correspondiam ao trato, sendo viçosas e belas.

Laurinha soltou o cão, que correu alegre e depois veio resoluto para cima de seus joelhos. Bruno latia, sacudindo o coto de rabo, numa frenética exibição de afeto. Depois deu-lhe um bom banho, enxugou-o na toalha velha. Com a guia prendeu-o junto à casinha que ficava no cimento. Sentou-se a seu lado e ficou conversando:

– Tem que ficar preso. O senhor é muito levado e iria correndo rolar na terra. E aí? Adeus banho.

Passou a mão pelo seu dorso, sentindo o pelo ainda úmido. Alisou-o, admirando as manchas marrons em contraste com o pelo branco.

– Te adoro, Bruno. Você é o único que me entende. Agora, vou te deixar, pois preciso ter uma conversa com a Cristina e a Flávia, minhas colegas. Tchau! Na volta te dou o almoço.

Bruno latiu várias vezes protestando, mas Laurinha não cedeu:

– Seja bonzinho. Amanhã faremos um passeio.

Laura passou pela cozinha e pediu para a Elza:

– Avisa a mãe que fui até a casa de minhas colegas. Volto para almoçar.

– Está bem, Laurinha.

Dois quarteirões acima ficava a casa das amigas, Cristina e Flávia; as três estudavam no mesmo colégio e na mesma classe.

Laura não precisou tocar a campainha, pois as garotas estavam no terraço. Abraçaram-se e começaram uma conversa animada sobre colegas, rapazes e professores.

Célia, como de costume, levantou-se cedo. Depois de arrumar a cama foi para o ateliê de Teresa, uma salinha no andar térreo, reservada para a confecção dos objetos da loja.

Rui, apesar de ser sábado, estava no escritório da cidade, trabalhando.

Clara tinha lido durante toda a manhã. Tinha ganhado da avó uma série de livros de aventuras; assim, passara horas entretida. Quando cansou, olhou para fora e viu um céu azul, um sol festivo convidando para um passeio. Desceu a escada aos pulos, procurou pela mãe:

– Manhê, vou patinar na calçada.

– Não corra muito! O último tombo que levou foi feio!

Clara, querendo uma companhia, foi ao quintal e trouxe o Bruno. Sabia que a irmã não gostava que saísse com o cão sem licença dela. Aliás, Laura raríssimas vezes dizia sim.

– Você não olha ele direito. Pode acontecer alguma coisa.

– Você é que é chata e egoísta.

Lá vinham discussão, ofensas, xingos. Uma sempre acabava chorando.

Clara não avisou ninguém e, seguida pelo Bruno, muito satisfeito com o passeio, foi para a calçada.

A menina deslizava sobre os patins e Bruno corria junto. Nisso, surgiu na esquina uma cadela, seguida por outros dois cães. Bruno disparou na direção deles. A cadela estava no cio, os cães brigavam por causa dela, embolaram, correndo para o meio da rua. Bruno, valente, partiu para uma boa briga. Abocanhou um cão no pescoço e os dois rolaram no asfalto.

Clara, assustada, chamava:

– Vem, Bruno! Aqui, vem, Bruno!

Com medo da dentuça arreganhada dos cães, procurava alguma vareta, pau, qualquer coisa que ajudasse a apartar a briga e livrasse Bruno.

De repente, guinchando, um carro dobrou a esquina em alta velocidade. O motorista viu os cães, tentou desviar, mas outros veículos vinham em direção contrária.

O carro atropelou Bruno e o outro cão, que rolavam, atracados. O outro cão foi jogado longe, caiu morto. Uma das rodas raspara a barriga de Bruno que, largado, parecia também morto. Juntou gente, enquanto a cadela e o outro cão disparavam rua abaixo, sumindo.

Clara, assustada, chorando, carregou Bruno para casa.

– Mãe, mãe, Bruno foi atropelado.

Teresa acudiu correndo:

– Mas como foi isso?

– Saí com ele, mãe. Ele brigava com outro cão. Não pude fazer nada. Não foi por minha culpa, mãe. O carro veio feito doido.

– Dona Teresa, acho bom avisar a Laura. O cachorro está muito mal. Vai morrer logo.

– E onde ela está?

– Pediu pra avisar que ia ver a Cristina. Vou chamá-la. É melhor.

Elza saiu na carreira. Quando avistou as meninas, foi dizendo:

– Aconteceu uma desgraça, Laurinha. O Bruno foi atropelado.

– Como, se deixei ele no quintal?

– Oh, a Clara foi patinar com ele.

– Ela me paga. Ai dela se acontecer alguma coisa com o Bruno.

Ela vai se arrepender.

– Calma, Laurinha. Não é cristão falar com essa raiva. Sua irmã é uma criança, não fez por mal.

Laurinha respondeu já com voz rouca e início de choro:

– Não foi por mal? Já disse mil vezes que não quero que ela passeie com o Bruno. Ele não obedece ela.

Laura correu pra junto do Bruno. Ele sentiu a sua presença, abriu os olhos. De sua boca escorria baba e sangue. Lançou um olhar triste e comprido para sua dona, estremeceu e ficou paralisado.

– Ele morreu, mãe! Ele morreu! – Laurinha soluçava. – Coitadinho do meu Bruno!

– Sinto muito – disse Clara com voz desolada.

Laurinha, na sua dor, nem reparou que Clara, pela primeira vez, pedia desculpas. Ela tinha gênio forte e não cedia nunca. Laurinha só pensava na morte do seu Bruno. Não haveria mais suas correrias alegres quando o soltasse, nem seus latidos de alerta ou contentamento. Sentiu descer sobre ela uma imensa solidão, uma grande dor, como uma nuvem escura e opressiva. Soluçou alto, furiosa, quase sem lágrimas.

Levantou-se e com violência deu uns tapas em Clara, que fugiu. Laurinha, entre dentes, resmungava:

– Detesto você. Te odeio.

Deixou o quintal, arrastando as pernas como se estivesse exausta, e trancou-se no quarto.

Não saiu nem para o almoço. Sozinha, Laura lutou com uma raiva fria ao lembrar-se de Clara, mesmo reconhecendo que ela era apenas uma criança descuidada. Sabia que não agira de propósito. Deixou-se tomar pelo rancor e jurou para si mesma que não falaria mais com ela. Depois a fúria diminuiu e, à tardinha, sentou-se à mesa do jantar.

Teresa e Rui olhavam penalizados para a filha. Laurinha ficou em silêncio e nenhuma vez olhou para Clara. Sua indiferença irritou a irmã, que, porém, se conteve e permaneceu calada. Mais tarde, ela reclamou para Célia:

– A metida fazendo de conta que eu não estava ali! Fingindo que não me via...

– Acho melhor você não provocar. Ela está muito sentida e revoltada. É capaz de te dar uma surra.

– Não tenho medo dela. Já pedi desculpas, não foi de propósito. Papai e mamãe não deixam ela me machucar.

A partir da morte de Bruno aumentou a separação entre as irmãs.

Um violão!

Laura continuava emburrada, arredia. Não participava das conversas. Ao chegar da escola, fechava-se no quarto ou saía para ver as amigas. Mal respondia quando as irmãs se dirigiam a ela.

O seu tratamento só mudava com Elza. Com ela se mostrava carinhosa, amiga. Teresa sofria muito com as atitudes de Laura, mas achava que a culpa cabia à adolescência. Sabia ser esse um período difícil, de desajustamentos e agressões. Dizia para si mesma e para o marido:

– Precisamos ter muita paciência com Laura. É uma fase, vai passar.

Como Laurinha gostava muito de cantar, Teresa resolveu fazer-lhe um agrado. O aniversário dela estava próximo, seria dali a uns quinze dias.

– Rui, vamos fazer uma surpresa para Laura e lhe dar de presente um violão?

– Boa ideia. Ela adora cantar. Quem sabe se, aprendendo a tocar violão, ela se sentirá mais contente?

Teresa fez tudo como planejara. Deixou Ada tomando conta da loja e foi comprar o violão. Escolheu o que lhe pareceu mais bonito e de melhor som. Voltou antes do horário de saída das aulas e escondeu o presente no quarto.

No dia do aniversário de Laura, Teresa e Rui foram acordá-la. Deram-lhe os parabéns, abraçando-a. Teresa foi buscar o violão, embrulhado:

– Olhe o que compramos para você.

Os olhos de Laura brilharam. Ela ficou comovida.

– Não precisava, mãe. Ele deve ter custado caro, vocês estão com pouco dinheiro.

– Não se preocupe. Foi dinheiro de umas economias. Você tem estudado bastante, merece o presente. E tem mais: já reservei aulas pra você com a minha amiga Ana. Todos dizem que ela é excelente professora.

– Nossa, mãe! Que bom! Há muito tempo que eu queria tocar violão.

Célia e Clara acordaram e correram a abraçar a irmã.

Teresa, satisfeita por ver a filha contente, avisou:

– Vamos deixar a casa arrumada. Convidei algumas de suas amigas de escola, o vovô e a vovó, seus padrinhos e mais alguns parentes. Eles virão à noite para o bolo.

Laurinha deixou-se envolver pela atmosfera de carinho e atenção. Ficou alegre, mais prosa. A reunião à noite foi bem gostosa. Esse clima sereno se estendeu pelos dias seguintes. Todos se entendendo, as irmãs sem brigas.

Laura teve a primeira aula. Voltou entusiasmada contando que a professora era muito simpática, que tinha dito que ela era afinada e tinha boa voz. Passava horas treinando músicas e em pouco tempo já as tocava bem.

– Essa menina leva jeito. Tem ritmo, tem balanço!

– Também acho, Rui! Além da voz bonita, é muito graciosa para cantar. Mas o que me deixa mais satisfeita é que ela parece estar em paz consigo mesma.

Teresa respirou fundo, foi até a janela. A tarde terminava luminosa com os últimos raios de sol. A temperatura era agradável, começava o outono. Um bem-estar a invadiu, sentiu-se feliz por Laura estar serena. Quem sabe a crise já teria passado?

O segredo

A mãe de Cristina, colega de Laurinha, chamava-se Ida. Uma de suas amigas, Norma, fora vizinha de Teresa quando ela morava na Vila Mariana, assim que se casou.

Teresa adotou Laura quando aí morava, e só se mudou quando Célia estava com mais de um ano. Norma, portanto, sabia que Laura era adotada.

Numa das visitas de Norma à amiga, Laurinha chegou, procurando por Cristina. Norma, de tipo curioso, bisbilhoteiro, sem outros interesses na vida, adorava saber da vida alheia. Conversa daqui, conversa dali, acabou descobrindo a coincidência:

– A mãe dela por acaso se chama Teresa?

– Isso mesmo.

– E o pai, Rui?

– Exato!

– Ah! Então, é ela mesma!

Norma se deliciou, excitada, contando para a amiga como Teresa queria filhos.

– Quer dizer que Laurinha é adotada?

– Claro que é. Mas Teresa a considera como se fosse sua filha.

As duas continuaram essa prosa durante bastante tempo. À noite, no jantar, Ida não aguentou:

– Fiquei sabendo hoje que Laurinha não é filha legítima de Teresa.

– O que, mãe? Não é possível, as três irmãs têm muitos traços semelhantes.

– Pra você ver, filha. A verdade é outra. Norma foi vizinha da Teresa, lá na Vila Mariana.

Ida repetiu toda a conversa da tarde. No colégio, no dia seguinte, Cristina disse para a Flávia que soubera de um segredo!

– Só conto se você jurar que não repete pra ninguém.

– Se era segredo, por que você veio falar dele?

– Achei que ia te interessar. Mas precisa jurar silêncio pra sempre.

– Está bem, eu juro.

– Então, jura por Deus.

– Quanta exigência! Juro por Deus que não repetirei nada para ninguém.

Cristina, com a mão no ombro da companheira, contou o segredo no seu ouvido.

Flávia não se aguentou:

– Quem diria, hein? E Laurinha, que gosta de parecer superior, pensando que é a tal? No fundo, uma enjeitada.

Flávia não gostava de Laura. Tudo nela a agredia: sua linguagem adulta, seu modo de ser intenso, sua sensibilidade. O fato de prestar atenção às aulas e gostar do estudo irritava-a profundamente. Flávia só estudava porque era obrigada, esforçando-se o mínimo possível. Fingia ser amiga de Laura, por causa da Cristina. Esta, sim, tinha uma amizade sincera pela garota. Flávia, sendo vizinha de Cristina e sabendo da amizade das duas, não queria ficar de fora e disfarçava sua antipatia por Laura. Cristina, ingênua, não percebera a dissimulação da amiga. Naquele dia, bem que Laura surpreendeu Flávia olhando-a de um modo esquisito.

Voltaram as três juntas para casa, como faziam frequentemente, conversando animadas sobre as provas que tinham feito.

Laurinha chegou em casa com fome. Na cozinha pediu um ovo frito para Elza, pois não aguentava nem esperar o jantar. Comeu o ovo branquinho e mole com pão e foi para o quarto. Pegou um caderno tipo universitário, pensou um pouco e começou a escrever.

Essa necessidade de exprimir-se por escrito vinha já de alguns meses. Tinha composto várias poesias, contos, alguns dos quais com forte dose de humor, histórias bastante engraçadas mesmo. Qualquer um duvidaria de que fosse ela a autora, pois contrastavam muito com a sua maneira de ser. Era como se, não entendendo as fúrias que a acometiam e as emoções intensas que a faziam querer lutar contra o mundo, contrabalançasse tudo rindo de si mesma, dos outros, da vida.

Sem o saber, ela estava percorrendo o caminho solitário em direção a si própria; isso era o que importava. Essa procura do eu mais íntimo era em Laurinha mais dolorosa do que nos outros. Talvez por temperamento, talvez por inconscientemente sentir-se rejeitada.

Ultimamente vinha recebendo muitos elogios de sua professora de português.

– Você tem jeito, menina. Escreve bem, é criativa e tem um estilo próprio, coisa rara na sua idade.

– Obrigada.

– Pois, se quer um conselho meu, escreva sempre que puder. Escrever é um exercício, quanto mais, melhor.

Laurinha levou a sério essas palavras. Passou a escrever com regularidade e encontrava um grande prazer em passar para o papel suas impressões e fantasias. Começou a acalentar um sonho: queria estudar jornalismo, escrever crônicas, contos, escrever profissionalmente.

Sorriu, estava feliz.

Um olhar quente

Certa tarde, na volta do colégio, as três vinham juntas quando encontraram outro grupo de amigas e mais alguns meninos. Pararam, conheceram-se e conversaram durante um bom tempo.

Entre os rapazes, um estava servindo o CPOR. Mais alto que os outros, moreno, ombros largos, bonitão. Seu nome era Dênis. Outro que chamou a atenção das meninas foi o Gabriel: simpático, personalidade forte, parecia bastante seguro de si e amadurecido.

Depois do encontro, as três garotas fizeram o caminho de volta na maior animação, entretidas em comentários.

– O Dênis é lindo! Foi o que mais me agradou – observou Flávia.

– Pode ser, mas o Gabriel é muito simpático. Sabe conversar bem – retrucou Cristina.

Depois desse dia, encontraram os meninos várias vezes. Dênis e Gabriel andavam sempre juntos, grandes amigos que eram. Naturalmente, os dois passaram a acompanhar as meninas até a casa delas. Flávia estava gamadíssima no Dênis. Fazia todas as manobras para ficar junto dele. Se ele procurava Laura e a conversa entre os dois se prolongava, Flávia, fazendo-se de desentendida, puxava-o para seu lado sob um pretexto qualquer.

Até então, Laurinha não tinha tido nada além de interesses passageiros por um ou outro colega de colégio.

Mas com o Dênis estava sendo diferente. Sentia o olhar do rapaz demorando nela, olhar quente, carregado de intenções. Percebeu que, apesar da marcação cerrada de Flávia, Dênis dava sempre um jeito de vir para o seu lado.

Laurinha descobriu-se sonhadora... Lembrava-se do seu cabelo ondulado, da pele morena e lisa, do sombreado da barba. Outras vezes era de seu sorriso aberto que se recordava com emoção.

Flávia foi percebendo o interesse do rapaz e foi ficando furiosa. Sua raiva aumentava a cada vez que se encontravam. Chegou ao limite em um dia em que os meninos e meninas, como sempre, caminharam juntos até a casa delas e passados cerca de quinze minutos Laura se despediu:

– Tchau, gente, preciso estudar umas músicas no violão, pois amanhã terei aula.

Dênis se adiantou:

– Tchau pra vocês, também. Vou com você, Laurinha. – Voltou-se para Gabriel: – Amanhã a gente se vê.

Laurinha sentiu um alvoroço, uma onda de calor invadindo-a. Se tivesse olhado para trás, teria visto o olhar fulminante que sua rival lhe dirigia.

Flávia conseguiu dominar-se diante de Gabriel e Cristina. Só mais tarde, quando se viu sozinha, pôde extravasar seu ciúme: "Ela sabe que eu gosto dele. Está tentando tirá-lo de mim". Estava cega, não percebia que Laura nada fizera para conquistar Dênis. O sentimento surgira espontâneo entre eles.

Completamente alheados de Flávia, Laurinha e Dênis estavam felizes.

– Sabe, Laurinha, gostei de você desde o primeiro momento. Quero ser seu namorado. Você aceita?

Numa voz sumida, Laurinha, muito emocionada, respondeu:

– Também gosto de você. Pensei que seu interesse fosse a Flávia.

E Dênis, carinhosamente, apertou a mão da garota:

– Para ser bem franco, não simpatizei com ela. É chata, força tudo. Não larga do meu pé. Não quero nada com ela.

Pararam no portão e lá ficaram longo tempo – para eles, apenas segundos. De mãos dadas, conversando, encantados um com o outro e com seu novo sentimento.

Chegou o momento de Dênis despedir-se:

– A gente se vê logo, certo?

– Você me telefona amanhã, Dênis?

– Combinado. Telefonarei à noite. Amanhã marcarão a data de nossas manobras. Tenho de ficar fora por uma semana.

Escurecia quando Laura passou correndo pela mãe e foi para o quarto. Lá dentro, rodopiou, riu sozinha, atirou-se na cama. "Como gosto dele! Que olhos, boca, sorriso! Como é charmoso!"

Ouviu a mãe chamar para o jantar. "Não contarei nada a ninguém. Por enquanto é assunto só meu. Estou amando, e amar é uma sensação maravilhosa!"

Durante o jantar não participou da conversa. Permaneceu distante, pensativa, mas diferente. Teresa comentou:

– Seu pensamento está longe, não, filha?

Ela não ouviu.

– Laura, falo com você.

– Hum! Mãe! O que foi que falou?

– Que você está longe. O que está pensando?

– Nada, não, mãe. Pensava nas aulas de amanhã.

Nem mesmo Célia e Clara conseguiram interessar Laura na discussão sobre a novela.

Em outras vezes, as três discutiam acaloradas. Nesse dia, Laura não se perturbou. Como a irmã insistisse, ela respondeu:

– Não sei, tanto faz.

– Como tanto faz?

Laura sorriu enigmaticamente e foi para o quarto. Vestiu a camisola, ligou o rádio numa música suave e recordou Dênis. "Sim, estamos apaixonados, nada mais me importa."

Sentiu um grande bem-estar. Reviveu seus momentos com Dênis, o calor de suas mãos, seu olhar derramando-se sobre ela. Adormeceu sorrindo, feliz como há muito não se sentia...

Ferindo fundo

O dia seguinte amanheceu cinzento, encoberto por nuvens, rajadas fortes de vento. O céu prometia uma boa chuva para a tarde. Laurinha acordou pensando em Dênis: "Engraçado, sei que sonhei com ele, mas não consigo me lembrar direito". Esforçou-se e alguns trechos voltaram-lhe ao pensamento. Viu-se menina, correndo pela praia, as ondas vindo molhar de espuma os seus pés. Depois nadava em águas transparentes. Sempre uma sensação de leveza, de felicidade. Viu, então, uma bela concha dupla, do tamanho de uma mão fechada, de cor bege com risquinhos marrons. Em seguida correu para a mãe gritando: – Olhe o que eu achei, mãe, olhe o que eu achei!

Tomada de uma grande alegria, Laurinha foi se arrumando enquanto interpretava o sonho. Mar, praia, água eram coisas que amava. Para ela, poucas coisas se comparavam ao prazer de um banho de mar. E, até quando se recordava, uma das maiores alegrias de sua infância fora achar conchas e caramujos, ainda mais se raros e bonitos. Gostava de caminhar horas e horas à tarde por praias distantes, procurando conchas... Era um prazer que aprendera com Teresa.

Desceu, tomou café, subiu para terminar as lições do dia. Então, de repente, sentiu-se mal, deprimida, como se ameaçada. Laurinha sabia-se muito sensível. "Deve ser reflexo do mau tempo. Nada de depressão. Preciso combater esse meu temperamento."

Terminou as lições. Não sentia, porém, o bem-estar da noite, a serenidade e a sensação de plenitude da véspera. Seu coração teimava em registrar um sufoco.

Chegou em cima da hora na classe. Na segunda aula, a professora teve que acender as luzes, pois o mau tempo escurecera a sala. Ouviu-se um forte trovão e a chuva desabou impiedosa, molhando tudo com rajadas de vento forte.

Com mau tempo, nada de recreio ao ar livre. Laurinha estava acompanhada por duas colegas, Kátia e Alessandra. Vinham numa conversa animada sobre namoro.

– E você, Laurinha, tem namorado?

– Comecei a namorar ontem.

– Ontem? – perguntou alguém.

Kátia não ouviu a resposta. Flávia chegava com Cristina e ouviu as palavras de Laura.

– Você começou a namorar ontem? É o Dênis, Laura?

– Sim, ele mesmo.

– Sua traidora! O Dênis era meu. Você não podia aceitar se fosse minha amiga.

– Calma, Flávia. Você está fora de si.

– Que fora de mim, coisa nenhuma! Essa cê-dê-efe de uma figa não tinha o direito de aceitar. Isso se fosse amiga de verdade. Se ela não se fizesse de gostosona, o Dênis nem tinha olhado pra ela.

– Gostosona fica melhor em você, que se oferecia o tempo todo pra ele, toda assanhada.

– Assanhada é você, sua enjeitada!

– Flávia, pelo amor de Deus! Cale-se! – pediu Cristina.

– Enjeitada, eu? Como? O Dênis me escolheu, a enjeitada foi você.

– Flávia, vamos embora – pediu Cristina, temendo pelo pior. – Olha a promessa!

– Que promessa nem meia promessa. Você, Laura, não passa de uma rejeitada por sua mãe, que deu você quando nasceu. A Teresa não é sua mãe.

– Mentirosa! Desgraçada!

– Pergunte à Cristina e verá.

Outras meninas arrastavam Flávia, que quase se atracava com Laura. No meio da confusão, soou o sinal chamando para as classes.

Laura estava estatelada, olhos arregalados, vermelha, parecia que iria ter um ataque.

– Cristina, por favor...

Não precisou ouvir a resposta. Pelos olhos da amiga, soube a verdade. Sentiu um soco no peito, falta de ar; cambaleando, correu para o banheiro. Um pranto fundo, soluços roucos cresciam dentro dela, parecendo que iam despedaçar o seu peito. Depois, um violento tremor a sacudiu.

Cristina pediu para Kátia ficar vigiando a porta e foi atrás da coordenadora. Explicou que Laura não passava bem. A coordenadora veio, chamou por ela. Laura acabou abrindo a porta.

– Não é nada. Apenas uma cólica forte, repentina. Quero ir para casa, agora.

– Eu acompanho você – disse Cristina. – Você quase desmaiou!

– Está bem, Cristina. Acompanhe a Laura, darei dispensa para as duas.

Cristina segurou o braço da amiga. Laura não falou mais, andando apressada como um autômato, de vez em quando os soluços a faziam estremecer. Em casa foi entrando, procurando Teresa. Esta aprontava umas encomendas; deixara a loja com Ada e estava trabalhando no ateliê. Laura foi para lá. Abriu a porta com brutalidade, encarou rancorosamente a mãe e disse em prantos:

– Por que você mentiu, Teresa? Por que não contou que não era minha mãe de verdade?

– Filha, eu...

– Não sou sua filha! Você mentiu para mim. Eu te odeio. Vou te odiar sempre. Como pôde fingir tanto?

Teresa se levantou. Segurou Laurinha pelos braços, dizendo:

– Você precisa me escutar. Eu fui adiando o momento da verdade. Eu a amava tanto, que me faltou coragem para lhe dizer que eu a tinha adotado. Para mim, não existia diferença, entendeu?

– Não, não entendi. Você me fez acreditar que era sua filha e não sou.

– Laura, por favor, você é e sempre foi minha filha.

– Não sou, não.

Laura se soltou com violência, subiu a escada aos pulos. Trancou-se.

Teresa estava atônita. Baixou a cabeça, lágrimas correndo, ela repetia:

– Foi minha culpa, não tive coragem, foi minha culpa...

– Dona Teresa, não fique assim. Isso vai passar. Foi o jeito da Flávia. Ela a chamou de enjeitada na frente de uma porção de meninas.

Teresa soluçava, arrasada. Cristina tinha chamado Elza e contado o que tinha ouvido Laura dizer aos gritos. Elza mais que depressa pôs água para ferver, preparou um chá e levou para Teresa.

Acarinhou a patroa, pedindo:

– Beba o chá, dona Teresa. Vai precisar de muita calma. Foi muito ruim o que aconteceu pra Laurinha.

Teresa abraçou-se com Elza e choraram juntas. Aceitou o chá, que a reanimou um pouco.

– Deus vai me ajudar. Não quero perder minha filha. Ela tem que entender que foi por muito amor que calei. Agora vejo que errei. Para mim, ela é minha filhinha querida, igualzinha às outras.

Teresa ficou sentada na sala, olhos vazios, perdidos na parede.

Célia e Clara estavam assustadas com a cena e com o jeito da mãe. Esta chamou as duas e pediu:

– Quero que amem muito a Laurinha. Ela está sofrendo demais. Brigou com a Flávia e ela a chamou de enjeitada.

– É verdade, mãe? – perguntou Clara.

– É verdade. Ela não é irmã de sangue de vocês. Eu a adotei quando tinha poucas horas de vida.

– Por quê, mamãe? – foi a vez de Célia perguntar.

– Porque eu queria muito um filho. Estava casada há seis anos e não conseguia engravidar. Os médicos não tinham explicação. Rui e eu ficamos com medo de nunca termos filhos e o tempo estava passando. Então, resolvemos adotar um bebê. Ela é minha filha, igualzinho a vocês.

– Mas, mãe, como você nunca contou nada pra ela? Viu, agora, o que aconteceu?

– Foi horrível, Célia. Eu a amei como filha, cuidei dela com amor de mãe. Quando vocês nasceram nada mudou nos meus sentimentos por ela.

Célia começou a chorar:

– Coitada, mãe. Pra mim, não mudou nada. Mas pra ela deve estar sendo muito duro.

– Você tem razão, espero que Deus me perdoe, e ela também.

– Vamos dar bastante carinho pra ela, não é, mãe?

Rui, mal abriu a porta, percebeu que algo grave acontecera. Teresa lhe contou tudo. Ele ficou bastante triste e, com a voz desanimada, falou:

– É, Teresa, nós erramos muito. Tínhamos que ter contado a verdade quando ela era pequenina. Mas sempre protelamos o momento. Com medo de magoá-la, a ferimos mais ainda. A revelação de hoje foi brutal. Ela é tão sensível, não sei como reagirá.

Rui ficou calado. A vida andava difícil: os preços subindo assustadoramente, a situação política sufocante, a miséria crescendo. Como não sofrer toda essa pressão? Rui andava cansado. Fora ao médico e descobrira que sua pressão estava alta. Felizmente os exames clínicos nada acusaram.

– Deve ser excesso de trabalho, de preocupações. Relaxe; se puder viajar um pouco, será excelente – foi o que o médico lhe recomendou.

Rui não pôde viajar. Agora, surgia essa revelação brutal para Laurinha. Ficou deprimido com o peso dos acontecimentos.

O telefone tocou, Elza atendeu:

– É pra Laura, dona Teresa. Um rapaz.

– Vá avisá-la.

Parte III

Havia de chorar, se adivinhasse
que há lágrimas que correm pela face
e outras que rolam pelo coração!

Guilherme de Almeida

Que olhos você tem!

O primeiro encontro de Laurinha com Dênis foi penoso para ela, apesar do carinho dele:

– Estava morrendo de saudades...

– Jura? Você não levou a mal?

– Não. Tenho certeza de que aconteceu algo grave. Fiquei preocupado, pois tinha que viajar para a manobra e a gente ficou sem se falar. Mas eu confio em você, gostaria que se abrisse comigo.

Laura olhou-o com intensidade. Seus olhos nadavam em lágrimas:

– Menina! Que olhos você tem! – disse Dênis, apaixonado. – Mas eles refletem uma dor muito grande. Quem te magoou, Laurinha?

Ela quase não conseguia falar. Fazendo um grande esforço para conter o choro, pediu:

– Dênis, te peço paciência. Ainda não consigo tocar no assunto.

– Seja como quiser.

– Não é nada com você. Vamos caminhar até a praça?

– Vamos.

Caminharam juntos, Dênis contando sobre o Exército, as marchas forçadas, os exercícios.

– É, Laurinha, a coisa lá é violenta. Barra pesada, querida. Felizmente termino o serviço no próximo mês.

– Voltará aos estudos, não é?

– Sim. Farei o cursinho. Depois presto vestibular para engenharia eletrônica.

Começaram a conversar sobre música.

– Quando vai tocar pra mim, Laura?

– Qualquer dia levo o violão lá na casa da Cristina.

– Por que não na sua casa?

Laurinha contraiu a testa numa expressão de desagrado.

– Lá eu não quero. Não gosto do meu pessoal. Vamos mudar de assunto. Dênis, que tipo de música você gosta?

– As duas: clássica e popular.

Laura mostrou espanto:

– Você curte música clássica?

– Em casa, meus pais e eu ouvimos todas as noites.

– Puxa! Então você deve conhecer bastante.

– Um pouco. Quem conhece, mesmo, é minha mãe, ela é pianista. Meu pai toca um pouco, mas adora música. Vou sempre a concertos.

– Pois eu, Dênis, quase não ouço música clássica. Falta de oportunidade, sei lá. Mas gostaria de começar, agora. O que ouvi de Chopin, Bach, gostei.

– Daqui pra frente, vou te levar a concertos.

– E de música popular, o que acha?

– Gosto muito. Principalmente de Gil, Caetano, Milton Nascimento...

A tarde passou depressa. Na volta, chegaram junto com seu Rui à porta da casa. Laura não teve escolha. O pai tinha parado e estendido a mão para o Dênis.

– Boa tarde.

– Esse é o Dênis.

– Não quer entrar?

– Fica para outra vez. Já tinha me despedido. Até logo, Laurinha.

Pai e filha entraram juntos.

– Rapaz simpático, filha.

Laura fez que não ouviu e subiu para seu quarto. Rui comentou com Teresa, falando do Dênis:

– Eu vim atrás deles. Estavam de mãos dadas.

– Então, estão namorando.

– Só pode ser, Teresa.

– Procurarei falar com ela. Saber quem ele é.

Entretanto, Teresa nada conseguiu arrancar da filha. Ela respondeu com rispidez. Teresa insistiu:

– Faço perguntas para o seu bem, Laura.

– Se tivesse sempre pensado no meu bem, não teria mentido para mim.

Laura deu as costas para a mãe. Cada vez mais se aproximava do Dênis, amando-o, e se afastava dos pais, irmãs e avós.

Concentrava sua vida nos estudos, no violão e no namorado. O resto pouco lhe importava. Não parava para pensar, não percebia que continuava a ter todo o conforto, receber o sustento que só os pais dão aos filhos. Pensava só em fazê-los perceber o quanto estava sofrendo e com isso os magoava ainda mais.

Teresa e Rui procuravam compreendê-la e ter paciência. Já para Célia e Clara isso era mais difícil.

Clara, mais hostil, revidava a Laura na hora, alfinetando-a do mesmo jeito. O diálogo das duas ficava na base da troca de ofensas.

Certo dia Laura ouviu que alguém mexia no seu violão. Esquecera-o na sala. Desceu feito uma onça de braveza.

Clara dedilhava alguns sons:

– Quem lhe deu ordem para pegar nesse violão?

– Só estou tocando para ver como é. Não vou quebrá-lo.

– Pois não tem nada que mexer.

– Você é minha irmã e pode muito bem me emprestar.

– Não, não sou sua irmã. E você é uma chata metida.

– Se não é minha irmã, o que faz nesta casa? Vá embora de uma vez, e vê se deixa a gente sossegada.

– Está querendo me expulsar de casa? Pois vai me aguentar ainda muito. Você é um pingo de gente e pouco estou ligando para você.

Teresa apareceu, atraída pelas vozes altas.

– Ela pegou meu violão sem pedir licença.

Laura não esperou nenhum comentário e se retirou. Clara ofegava, mal contendo a indignação, pois a irmã sempre levava a melhor nas discussões.

Teresa abraçou a caçula.

– Querida, tenha paciência. Sua irmã sofre por nos querer muito. Tanto que não se conforma.

Mais tarde, Teresa teve uma conversa com Rui:

– Vou procurar um psicólogo, Rui. Não aguento mais as agressões de Laura. Preciso de apoio, de alguém que me mostre como agir.

Rui concordou. Continuava cansado, trabalhando muito, e a situação problemática da casa o abalava além de suas forças. Teresa percebeu que tinha de se fazer de mais forte, amparar o marido.

"Sei que encontrarei uma saída", encorajou-se ela.

Crise de identidade

De fato, o psicólogo ajudou-a muito. Aconselhou uma sessão com todos: Rui, Clara e Célia. Laurinha não foi. Ele explicou-lhes que, por temperamento e insegurança, Laura estava atravessando uma crise de identidade e personalidade. A revelação fora um choque para ela. Insistiu na importância do comportamento de todos. Evitassem reações violentas e a fizessem sentir que a queriam como sempre. Nada de piedade ou falsas atitudes.

Tinham que estar preparados para suportar as agressões e para demonstrar uma afeição sincera. Não deveriam ceder aos ataques intempestivos de Laura, nem à violência.

Quem teve uma conduta excepcional, muito amadurecida para sua idade, foi Célia.

Teresa, sentada no terraço da casa, pensava em tudo isso. Uma lua em quarto crescente subia pálida e amarelada no céu silencioso e escuro.

Deixou-se levar por seus pensamentos: “Por que será que é tão difícil compreender os que estão mais próximos de nós ou entender completamente qualquer pessoa? E como é doloroso não saber os motivos de um filho, perceber que ele precisa de amor, mas que por razões só suas recusa deixar-se amar! Onde foi que eu falhei com a Laura? Como o fato de ter ocultado que era filha adotiva conseguiu ofuscar todo o resto!”.

Com o espírito torturado percorreu lentamente, de memória, os anos de vida de Laurinha, parando diante de cada lembrança forte. Recordou o perigo da desidratação, a ternura que ela lhe tinha quando pequena. Recuou até o dia em que foi buscá-la no Amparo Maternal, quando – bebê rosado e quente – aconchegou-a nos braços. Laurinha encantada com a irmã recém-nascida, Laurinha rindo, crescendo, depois sua inquietação aumentando. A morte de Bruno e o desconsolo da menina. Ela metida desoladamente dentro de si mesma.

Laura com catorze anos. O namoro com Dênis. O rosto afogueado, a ternura nova que viu brilhar em seus olhos. Depois, o dia da revelação. Laurinha gritando: – Por que você mentiu, Teresa? – aquele “Teresa” duro, magoado. Laurinha correndo escada acima atordoada, perdida.

Teresa reconhecia, agora. Adiara sempre o momento de dizer que ela não era sua filha de sangue, mas de amor. Adiantava, agora, convencê-la disso? Pedia a Deus que o trauma não fosse irreparável.

Poderia Laura encontrar por si mesma o valor, o sentido, a finalidade, a força, a verdade e o amor à vida? Laura era forte. A força do amor familiar a traria de volta, mesmo que fosse longo e espinhoso esse caminho. Por enquanto ela estava desorientada.

A figura de Célia veio-lhe ao pensamento. A filha estava bem magra. Evocou seu rosto anguloso, de impressionante seriedade. Sentiu-se enternecida ao lembrar de sua meiguice para com ela, Teresa. Suspirou: “Boa menina!”.

Célia era a mais equilibrada, a única que não se deixava perturbar pelas emoções ou ser arrastada por elas. Via as coisas por completo e com clareza. Por isso nunca se mostrava agitada. Era seu sustentáculo, seu apoio. A vida para Célia não apresentava complexidade. Ela aceitava tudo com naturalidade, era franca demais e tinha para com todos boa vontade.

Não conhecia, talvez nunca chegasse a conhecer, o sombrio e o sinistro que há nos corações dos homens. Não entendia Laura, mas sofria por ela, era solidária com sua dor. Amava intensamente os pais, com um sentimento cristalino e puro. E, por esse sentimento mesmo, calculava o que Laura devia sentir: a mãe que a abandonara, desfazendo-se dela ao nascer, que não quisera nenhum laço com ela. Sabia que Laura só via por esse lado, não enxergava a mãe adotiva, essa sim, mãe verdadeira que a amara desde o instante em que a carregara pela primeira vez. "Pobre Laura", pensava, "tão nova e tão sofredora! Debatendo-se com um temperamento solitário, que ergue muralhas ao seu redor! Como gostaria de ser sua amiga, compartilhar com ela alegrias e tristezas!"

Célia tinha dito tudo isso a Teresa, num desabafo:

– Sabe, mãe, eu compreendo os motivos que a levaram a me evitar. Há muito que ela não vai comigo ao colégio. Saímos juntas, mas ela apressa o passo e segue na frente. Na volta, aguarda as amigas. Ela foge de propósito de minha companhia. Seguimos sempre só nós duas, Clara e eu.

Célia ocupava o tempo com suas lições, ajudava cada vez mais na confecção dos artigos da loja. Pintava porcelana e objetos de madeira.

Teresa ficou bastante tempo no terraço, sozinha com seus pensamentos. Quando se recolheu, Rui já dormia. Ao passar pelo quarto de Laura, percebeu luz sob a porta. "Que vontade de entrar, abraçá-la e conversar como duas amigas. Penso que é inútil, só darei ocasião para ela me repelir mais uma vez."

No fim da semana Rui veio com boa notícia:

– Terça-feira será feriado. Reservei dois quartos para nós num hotel em Santos. Teremos quatro dias de mar e praia. Estou precisando desse descanso.

– Oba! Que delícia, pai – comentou Clara.

– E quando a gente viaja?

– Sexta-feira. Volto mais cedo do trabalho. Lanchamos e saímos.

– Eu não vou – disse Laurinha.

– Vamos, filha, o sol da praia lhe fará bem.

– Não tenho o que fazer lá. Fico com a Elza. Se não quiserem, posso ficar na casa de Cristina.

– Pode ficar aqui mesmo. Mas saiba que está muito errada, Laurinha – respondeu Rui, contrariado.

– Só quero que me deixem em paz.

Em várias tentativas, Rui procurava cruzar o abismo que o separava da filha. Laurinha, porém, recuava mais e mais. Era atenciosa, mostrava consideração por ele. Aliás, só por ele. Mas agia como se fosse uma estranha. Permanecia só.

– Rui – desabafou Teresa –, sinto que perdemos nossa filha. Foi ilusão pensar que algum dia nos amou como filha. Acho que o psicólogo está enganado.

– Você está enganada, Teresa. Desde pequena ela era nossa filhinha querida.

Teresa olhou pensativa para o marido:

– Tem razão. Já nem sei o que digo. Deus não será tão cruel conosco. Algum dia, Laurinha encontrará o caminho de volta a nós. Essa esperança me dá coragem e forças para superar todo esse sofrimento.

Na sexta, antes de partirem para a praia, Laura se despediu formalmente.

– Boa viagem para vocês. Vou jantar com a Cristina, mas volto cedo para casa.

Foi para a casa da amiga e não esperou pela saída da família. Dentro dela, apenas um grande vazio, uma carência dolorida.

Um tempo delicioso

Flávia ficava cada dia mais furiosa. Não havia conseguido mais nada contra Laurinha. Desde o dia da briga e da revelação da adoção, Laura muniu-se de uma couraça contra a colega e não se deixava atingir. Não dava mais atenção a risadas, cochichos, não tomava conhecimento do disse que me disse de Flávia e sua turma. Assistia às aulas aparentemente tranquila; descia para o recreio em companhia de Cristina, que rompera com Flávia, aumentando assim seu furor, que atingiu o auge quando Gabriel pediu Cristina em namoro. Os dois casais passeavam juntos e se entendiam às mil maravilhas. Flávia ficava louca de inveja.

Certa ocasião resolveram fazer um piquenique na praia. Iriam os quatro: Dênis e Laurinha, Gabriel e Cristina. Com o consentimento dos pais, escolheram uma praia muito linda, próxima a Bertioga.

Tudo ajudou, até o tempo, pois o dia nasceu lindo, muito azul e muito sol. Laurinha e Cristina se encarregaram da comida: sanduíches, frango assado, frutas. Elza acondicionou tudo com capricho e, numa vasilha fechada, mandou uma salada de tomates.

O carro era de Gabriel. Sacolas, esteiras, toalhas de banho, guarda-sol. Dênis, junto com a caixa de isopor cheia de gelo e latinhas de cerveja e guaraná, trouxe um guarda-chuva preto, bem velho e quebrado.

– Para que esse guarda-chuva, Dênis?

– Na praia você vai ver.

Desceram a serra brincando, ouvindo rádio – felizes, despreocupados. Tinham saído bem cedinho, assim às dez horas estavam chegando à praia. Escolheram um bom lugar. Era de fato uma praia espetacular. Bem recortada, areia alva, uma cachoeira num dos lados.

Armaram os guarda-sóis, estenderam as esteiras. Dênis cavou um bom buraco na areia, colocou as latas com o gelo, tapou. Firmou em cima o guarda-chuva quebrado, que sombreou o lugar. Não é que quando almoçaram, horas depois, as latas de cerveja e guaraná estavam supergeladas?

Dênis e Gabriel jogaram tênis de praia. As jovens aproveitaram para tomar sol. Quando eles se cansaram do jogo, refrescaram-se na água do mar.

Gabriel convidou Cristina e foram passear.

– Vamos subir nas pedras, que a vista de lá é algo sensacional.

– Mais tarde, também iremos até lá – falou Laura.

Dênis esticou-se na areia ao lado de Laurinha, pensando: "Que prazer sinto em vê-la!". Quase instintivamente, beijou-a de leve na testa. Ela perguntou brincando:

– Eu lhe dei licença?

– Como?

– Disse que poderia me beijar?

– Não resisti.

Os dois estavam sozinhos, pois Gabriel e Cristina caminhavam em direção às pedras. Dênis tornou a beijá-la. Não foi na testa, nem foi de leve. Durou um tempo enorme e delicioso. Um sentindo o outro, os lábios colados, como se a vida tivesse parado, só os dois importando no mundo. O carinho, um calor gostoso envolvendo os dois.

– Laurinha, como gosto de você! É a mais linda garota que conheço!

– Isso já é exagero.

– Não é, não. Para mim, você ganha de todas as garotas!

Dênis contemplava embevecido o pescoço benfeito, que terminava em bonita curva nos ombros torneados, no colo voluptuoso.

– Dênis, eu o amo. E você?

– Eu a amo demais, Laurinha. Tanto que nem sei dizer.

Beijaram-se com mais ardor. Se pudessem, parariam o tempo naquele momento e nunca mais se separariam. Depois sentaram-se, abraçados, apreciando a beleza do mar e das ondas quebrando entre espumas e cintilações.

Gabriel e Cristina voltaram:

– Vamos pro mar, minha gente?

– Vamos, sim. A água deve estar uma gostosura!

Correram, esborrifando água uns nos outros. Nadaram, mergulharam, boiaram. O sol forte, a água transparente, o gosto de sal na boca, o cheiro de maresia, sua mocidade, tudo era precioso e perfeito para eles.

Saíram do mar com uma fome monstruosa. Comeram com apetite.

Foram horas perfeitas. Quantas vezes depois não recordariam esse passeio com saudades? Felizes, fizeram a viagem de volta.

Os dois casais sentiram-se cada vez mais próximos, mais amigos.

Foi numa bonita tarde que Laurinha se abriu com Dênis. Contou-lhe a briga de que ele involuntariamente fora o motivo e como Flávia a chamara de enjeitada.

Apesar do seu ar sereno, Dênis se deixou perturbar pela seriedade de Laurinha, a indignação contida que lhe via nos olhos. Tentou analisar calmamente os fatos:

– Mas seus pais sempre a trataram com carinho, não é?

– Sim, houve um tempo em que a gente se entendia. Depois, comecei a suspeitar de algo, estava sempre deprimida, minhas irmãs a me azucrinarem a paciência.

– Acho que seus pais lhe ocultaram a verdade porque para eles você era filha, no duro, não importava a adoção.

– Então, por que sinto uma garra no coração? Parece que estou lá por piedade, não porque gostem de mim.

– Não será você a culpada?

– Não sei, não.

Dênis ficou pensativo com a confidência. Como Laurinha, ele era de temperamento solitário, sofredor. Entretanto, vivia bem com os pais e sabia que suas angústias nasciam dele mesmo, de sua sensibilidade.

Não conhecia aquela solidão de Laura, cheia de frios e mudos ressentimentos e feita de uma revolta ainda mais gélida. Embora amasse Laurinha como nunca amara antes, compreendia que tudo isso a tornara uma pessoa amarga. Pela primeira vez, Laurinha abrira-se com alguém, lavando o coração. Seus olhos penetrantes e escuros olhavam-no com expressão ansiosa e implorante. Ela esperava muito dele. Ele sentia pena dela, de sua delicada ferocidade, de suas amarguras, mas não teriam sido provocadas por ela mesma?

Ela não tinha conseguido convencê-lo de que os pais não a amavam nem de que as irmãs a detestavam. Desconfiava que os modos insultuosos dela os deixavam sempre em guarda contra ela. Prometeu-se tentar uma aproximação entre eles e pediu:

– Laurinha, eles são sua família, seus únicos parentes. Quero que se esforce por viver bem com eles, sem atritos provocados por você. Promete?

– Não sei se conseguirei. Quero é ser feliz com você e ter esperança – falou numa voz carinhosa que nenhum dos seus jamais ouvira. – Enquanto eu o tiver nunca cairei em desespero, Dênis. Você me fez amar a vida.

– Também quero ser feliz com você. Mas só entrarei na faculdade no próximo ano. Teremos muito tempo pela frente. Assim, quero-a menos tensa, mais alegre, vivendo a vida sem rancores.

Ele a beijou ternamente nas pestanas longas e nos lábios. Ela esqueceu suas angústias, mas num relance viu que a face morena e larga dele parecia doente, que os olhos estavam cercados de olheiras.

– Você parece cansado, Dênis.

– São os exercícios do quartel. Ainda bem que aquela dureza está para terminar.

Os dias se sucederam, a vida prosseguindo no seu fluir contínuo.

Laura seguiu os conselhos de Dênis, não provocou mais Clara. Estudava bastante, tocava seu violão. Continuava, porém, vivendo à parte da família, não permitindo maior aproximação. Eles acabaram se conformando.

Passou-se um ano.

Laura reservava suas emoções, sua alegria para Dênis. Vivia só para ele e por ele.

– Laurinha, meus pais te convidaram para jantar em casa amanhã. Querem te conhecer.

Ela levou um susto. Ficou inquieta, preocupada, mas respondeu:

– Está certo, eu irei. Será que eles vão gostar de mim?

– Ora, Laura, lá vem sua insegurança. Que razão teriam para não gostar? Nenhuma.

– Convidaram mais gente?

– A Cristina e o Gabriel. Aliás, ele me disse que passa na casa dela e depois na sua. Eu os espero em casa.

À noite, Laura perdeu o sono. Fora, as árvores murmuravam ao vento, grandes e pesadas nuvens passavam apressadas no céu.

Laura já percebera que era incrível como se influenciava com o tempo. Se chovia, ameaçava temporal ou fazia sol, sentia em si os reflexos.

"O que deveria temer? Somente a mim mesma, minhas emoções, ira, depressões. Eu não sou uma criatura boa. Não tenho bastante fé e não rezo mais. Sinto-me perdida, sem raízes. Procurarei agradar os pais de Dênis, eles poderão ser meus amigos. Quem sabe cheguem a me amar?"

Pela primeira vez em muito tempo, sentiu nostalgia em lugar da irritação costumeira. Esqueceu as revoltas silenciosas, a própria agressividade. Lembrou que tivera dias felizes, descuidados, e que brincara como os meninos e meninas de sua rua, alegre e contente.

Reinava silêncio na noite. Levantou-se e escreveu uma poesia com versos de esperança e renovação. Dedicou-a a Dênis.

Quem criou o sofrimento?

O jantar foi muito agradável. Alberto e Vera formavam um casal simpático. A irmã de Dênis, Patrícia, não ficava atrás. Era mais velha do que ele, estava terminando a faculdade de Direito e trabalhava desde o terceiro ano.

Todos na casa gostavam muito de música e Alberto escolheu uma deliciosa seleção para Laura ouvir. Foram amáveis o tempo todo, deixando tanto Laura como Cristina à vontade.

Era quase meia-noite quando Laura voltou. Teresa tinha-lhe dado uma chave, pois percebera que a filha ficava irritada se ela a esperava. Entretanto, Teresa não dormia sem que Laurinha tivesse chegado. Ficava trabalhando no ateliê ou vendo televisão. Nessa noite estava na sala de visitas, ouvindo o último telejornal:

– Gostou do jantar?

– Estava ótimo. A família do Dênis é maravilhosa.

– Fico contente por você, filha.

– Boa noite.

Teresa suspirou. Tentara agradar à filha e conseguira apenas esse diálogo formal e frio.

Outro ano passou. Laurinha estava em dúvida quanto à área a escolher, se Letras ou Jornalismo. Dênis foi para o segundo ano.

Laura e seus familiares tinham navegado em águas razoáveis. Foi quando Dênis adoeceu.

Quem é o criador do sofrimento e da mágoa do homem? Parece que é o próprio homem, ainda que se considere vítima. Não é a vida feita de tensão, dor, mágoas? E a que levará tudo isso?

Dênis cursava a faculdade com entusiasmo. Foi quando, em abril, começou a sentir um estranho cansaço. Durante certo tempo não se queixou para ninguém. Depois suas funções gastrintestinais apresentaram perturbações. Falou com os pais.

Dênis foi examinado com muita atenção. O médico lhe receitou alguns remédios e pediu uma série de exames, com urgência.

Uma semana depois, Alberto e Vera foram chamados ao consultório. Só os dois, sem o rapaz.

– Boa tarde, doutor, tudo bem?

– Boa tarde. Sentem-se, por favor.

Os dois obedeceram apreensivos, percebendo a gravidade do médico, um temor se instalando neles:

– Infelizmente, o diagnóstico a que cheguei não é bom. Lamento ter que falar assim, mas em minha longa vida profissional aprendi que a verdade dói, mas tem que ser enfrentada o quanto antes!

Vera apertava as mãos, os olhos muito abertos fixos no doutor.

– Sim, preferimos a verdade.

– Dênis está, provavelmente, com um processo neoplásico no estômago e no duodeno.

– O que isso significa, doutor?

– É um desenvolvimento anormal no crescimento das células, que pode ser maligno ou benigno.

– Câncer, dr. José?

– A natureza dos tumores só saberei depois de uma biópsia.

– Há esperança? – Alberto fez a pergunta com muita ansiedade.

Dr. José, rapidamente, considerou que iludi-lo seria protelar ou talvez aumentar-lhe a dor futura:

– Se se confirmar o diagnóstico, operando, prolongaremos mais sua vida. Esperança sempre existirá. Depois da cirurgia, ele terá que fazer um tratamento quimioterápico intensivo. Só o tempo dará a resposta.

– Que diremos ao Dênis?

– Direi que ele está com úlcera no estômago e que precisa ser operado. Penso que não há necessidade de revelar-lhe, agora, seu estado. Aos poucos, ele irá compreendendo a própria situação. Então estará mais preparado psicologicamente.

Alberto e Vera saíram arrasados da entrevista. Vera chorava, desconsolada, encostada no ombro de Alberto. "Meu Deus, por que tudo isso? Por que o Dênis, tão bom rapaz?"

Na calçada estranhavam que tudo continuasse igual: as pessoas passando apressadas, o céu azul, o ar leve e transparente de abril. Tudo isso lhes parecia frio e distante. Para Alberto e Vera só contava a triste revelação.

No caminho de casa, Alberto pediu:

– Vera, precisamos ser fortes. Temos que ajudar nosso filho. Ele é tão jovem, tão cheio de esperanças, teremos que ser corajosos por ele.

– Ah! Alberto! Eu não quero perdê-lo. Não tenho forças!

– Pois um pai e uma mãe têm que ter forças. Você não lutou por ele quando era pequeno e se adoentava? Então! Juro por mim e por você que faremos tudo que estiver ao nosso alcance para lutar por ele. Deus é grande, é pai, vai nos ajudar.

À noite, no jantar, receberam normalmente os filhos. Dênis e Patrícia falavam animados, repetindo os acontecimentos do dia. Mais tarde Alberto avisou:

– Dênis, dr. José quer vê-lo amanhã às duas da tarde.

– Certo. Irei apenas às aulas da manhã. Volto para o almoço.

Tudo se precipitou: a consulta, o dia da endoscopia com biópsia, a confirmação das suspeitas – células cancerígenas, malignas.

Marcou-se a cirurgia para dali a quinze dias.

Dênis ficou chateado, aborrecido, mas teve que se conformar.

– É, pai. Opero logo, e o doutor acaba com essas úlceras. Quero ficar bom o quanto antes. Não posso perder muitas aulas.

Alberto e Vera resolveram não revelar a verdade para Laurinha. Por enquanto, não. Ela era muito sensível, problemática, poderia, sem querer, deixar transparecer qualquer coisa para o Dênis. Deixaram que o próprio rapaz fosse dando notícia sobre seu estado.

Quanto a Patrícia, contaram-lhe tudo. Ela levou um choque. Amava profundamente o irmão, os dois foram sempre muito unidos. Por amor a ele, também ela fez das tripas coração e não deixou transparecer nada de anormal. Mostrou-se preocupada, mas não alarmada.

Dênis passou a semana que antecedia a cirurgia em casa.

Estava na sala e pusera para tocar um concerto de Brahms. Patrícia aproximou-se e ficou a ouvir: a música falava de dor, desespero e solidão. Sentiu aumentar o amor pelo irmão e sua incapacidade de ajudá-lo. Os sons subiam ao ar, como ecos tristes e lamurientos. Outras vezes, falavam da paixão, das tempestades, das forças incontroláveis do destino.

O vento soprava frio

Laurinha preocupava-se com Dênis, que lhe falava das consultas, do diagnóstico feito, da úlcera no estômago e, agora, da cirurgia na próxima semana. Ela sentia que havia algo mais. Recriminou-se por aquelas insistentes impressões que a tomaram, mas procurou os pais de Dênis. Encontrou Vera.

– Não, não é muito grave. Mas pode ocorrer hemorragia, a operação é urgente.

Laura não se deixou enganar pelos olhos magoados e sofredores de Vera. Percebeu-a tensa, ansiosa, sofrida. Não insistiu. Todas as tardes, depois das aulas, visitava Dênis. Ele não morava muito longe. Conversavam, ouviam música, faziam planos.

Na véspera da cirurgia, Laurinha procurou ser muito carinhosa, alegre, e o fez rir um pouco. Quando, porém, já em casa, se fechou no quarto, o primeiro pensamento dela foi que Dênis estava excessivamente magro e abatido. Seu perfil, antes exuberante, estava caído, envelhecido. Sentiu uma grande tristeza por ele, lembrando-se da compreensão, dedicação e amor que ele lhe dava e prometera dar por toda a vida. Dominava-a uma grande inquietação: "Se ele morresse, meu Deus?". A possibilidade se lhe apresentou num relance, ela ficou aterrorizada. Não, não poderia ser. Deus não lhe ia tirar a única esperança de felicidade que tinha na vida. Para ela, o mundo se resumia a Dênis. Afastou tal ideia e queria apenas saber o que poderia fazer por ele.

No jantar, Laurinha, sem maiores explicações, informou:

– O Dênis será operado amanhã cedinho. Irei ao hospital, sairei daqui às seis e meia.

– Operado? O que é que ele tem?

– Úlceras, não sei bem.

Teresa se condoeu:

– Quer que eu vá com você?

– Não precisa, não. Ficarei lá o quanto for necessário e não sei se voltarei para o almoço.

Rui ponderou que, apesar de a operação ser algo delicada, certamente tudo correria bem.

Para surpresa dos familiares de Dênis, a cirurgia não durou duas horas. Não houve nenhum acidente. À tarde, ele voltou a si meio atordoado, mas reconheceu Laurinha e sorriu para ela. Ela ficou perto dele o quanto permitiram.

Já em casa, Teresa pediu-lhe notícias:

– Foi tudo bem.

– Fico feliz! Rezei para que a operação fosse bem-sucedida.

– Obrigada.

Laurinha sempre contida, lacônica. Não se entregava, não deixava que a emoção tomasse conta dela quando estava perto dos pais ou das irmãs. Escondia-se sob uma capa de fria polidez.

Dênis passou a noite agitado. Só ao amanhecer, depois de uma injeção sedativa, teve um sono pesado e tranquilo. Cedo, enquanto ainda dormia, uma enfermeira pediu aos pais que subissem ao terceiro andar. O dr. José os esperava. Junto dele, outro médico.

– Como passa o Dênis?

– Agora, está dormindo um bom sono.

– Nós abrimos o seu abdome e encontramos muitas metástases, o que nos indicou o término da cirurgia. Fizemos o possível.

– Ele vai morrer, doutor?

Dr. José não conseguiu falar. Apenas sacudiu a cabeça afirmativamente.

– Não há nenhum recurso? – perguntou Alberto.

– Ele receberá um tratamento quimioterápico intenso. Isso o fará sentir-se melhor.

Alberto, num grande esforço, pediu:

– Se é assim, doutor, eu lhe rogo, faça tudo para que meu filho sofra o menos possível.

– Pode ficar descansado.

– Não quero nenhum tratamento que lhe aumente o sofrimento. Ele terá muitas dores, doutor?

– Receio que sim. Mas a conduta médica é a de evitar as dores.

Vera, soluçando, perguntou:

– Quanto tempo ele terá?

– Alguns meses. Receio que não mais do que isso. Dias difíceis.

Dênis voltou para casa. Tomava vários remédios. Começaram as dores, os vômitos sanguinolentos. Mas ficou de pé o quanto pôde. Chegou a assistir a umas duas semanas de aulas. Depois, a fraqueza tomou conta dele. Definhava. Laura passava horas a seu lado.

Uma tarde ela pôs a cabeça no ombro dele. Os dois estavam num banco do terraço da casa. Os últimos raios de sol inundaram o jardim, a calçada. Um vento de fim de outono soprava frio. Laurinha estava profundamente abalada e amedrontada. Em volta deles, contrastando com seu tumulto interior, havia paz, e o frescor do ar, a beleza do cair da tarde tornava mais penoso pensar no irremediável.

Mas Dênis, ultimamente, diante dos próprios sintomas, dos medicamentos que tomava, desconfiava da verdade. Tivera noites de insônia: primeiro, sentira uma revolta intensa, uma indignação violenta. Que fizera para sua vida ser cortada? Agora, não se iludia mais, sabia que iria morrer.

Quase não conseguira descer a escada naquele dia. Passava as horas deitado no sofá. Vomitava muito. Apesar de tudo, queria tranquilizar e consolar Laura. Falou cansadamente:

– Eu sempre te amarei, querida.

Puxou-a para si, beijou-a apaixonadamente, com suas últimas forças. Ela agarrou-se a ele. Percebeu-a tão criança, carinhosa e vulnerável. Não poderia, no futuro, protegê-la ou dividirem ambos suas forças. Ela teria que enfrentar a vida sem ele.

Laura via sua grave e acentuada palidez, os olhos encovados, a magreza impressionante. Pôs-lhe as mãos nos lábios:

– Você ficará bom, tenho certeza.

– Deseje ser feliz. Você tem muito amor a dar nesta vida. Os seus esperam por isso. Eu também.

O sol se escondeu, o frio aumentou.

Laurinha amparou-o, ergueu os olhos para o céu e viu grossas nuvens empurradas pelo vento, sombrias e tristes como o rosto de Dênis.

Garras de ferro apertaram seu coração.

Criança é vida em plenitude

Depois dessa tarde, Dênis não mais se levantou. O quadro agravou-se. Precisava tomar muitos sedativos. Nada mais parava no estômago. Vomitava as próprias entranhas.

Laurinha era presença constante.

Teresa via o que estava ocorrendo. Mas como fazer compreender à filha, mergulhada no sofrimento como estava, que os pais e as irmãs queriam ajudá-la a superar a dor e encontrar significado na vida? Que de qualquer jeito, para ela, Laurinha, a vida tinha de prosseguir?

Como contar de sua própria espera, que ela, Laurinha, viera terminar? Que quando a carregara pequenina, com apenas algumas horas de vida, tivera renovados seus sonhos e esperanças? Que o nascimento das irmãs redobrou sua força e energia, o desejo de construir um lar unido, ela, o marido e as três filhas?

Como poderia dizer tudo isso à filha, se esta se considerava vítima, mostrava-se rancorosa, indiferente a eles? Compreenderia ter erguido muros e se fizera, ela mesma, prisioneira deles?

Dênis agonizava. Atingidos, mudos, chorando, Vera com a mão do filho entre as suas, Alberto ajoelhado, Patrícia num canto, Laura em pé, ao lado da cama, com os olhos inchados e já secos. Quisera rezar, mas o terror a invadira, não permitindo o alívio de uma prece. Estava transida, em choque, não podia acreditar que Dênis, o seu amado Dênis, morria. O que lhe importava mais na vida, se Dênis, o seu amor, lhe era tirado? Por que Deus a fizera conhecê-lo e amá-lo?

Uma última convulsão.

Gemidos, choros, dor tão grande, desolação. Laura sentiu-se abandonada. Gostaria, também, de morrer. Não pôde suportar a dor. A revolta constante em sua vida explodiu:

– Dênis – gemeu –, Dênis.

Fora profundamente atingida, curvou-se. Desmaiou.

A dor não voltou, só um grande vazio. Quando abriu os olhos, estava num outro quarto, banhado em luz sombria. Sentia-se exausta, aniquilada, sem ânimo para nada.

Uma vizinha de Vera a acudira. Tinham chamado Teresa. A vizinha subira com um copo d'água e um calmante.

– Tome este comprimido. Você está precisando.

Laura obedeceu. Não tinha forças para reagir, protestar, nada. Ficaram na casa até quase meia-noite. Seguiram-se as providências costumeiras. O enterro seria no dia seguinte, cedo. Horas lentas, pesadas.

O último adeus a Dênis. O cortejo, depois as pás jogando terra sobre o caixão. Laurinha via tudo distante, flutuava num espaço só seu, o coração apertado, a garganta seca. Pensava em Dênis, vivo. Naquela tarde no terraço. Ele sabia que ia partir. Despedira-se dela! Não lhe importava mais o futuro; a vida perdera o sentido.

Sentiu-se gélida, oca, solta no mundo. Estilhaçada. Os pedaços dela, boiando à sua volta: sem destino, sem sentido.

Não chorou mais. Abraçou Vera, Alberto e Patrícia.

"Não os quero mais ver", pensou. "Eles me recordam Dênis. Terão, também, que morrer para mim. Nossos caminhos se separam aqui."

Voltou ao colégio; no começo foi difícil seguir as aulas. Aos poucos foi-se envolvendo e o estudo, sem que tomasse consciência, tornou-se uma compulsão para ela. Afastou-se dos colegas; a única companhia que lhe fazia bem era Cristina. Assim mesmo, quando ela estava sozinha, sem Gabriel. O namoro dos dois prosseguia firme. Gabriel estranhava a atitude de Laura, pois sentira muito a morte do amigo e gostaria de consolá-la. Ela, porém, o evitava. Não queria consolo, não queria falar de Dênis, seu coração sangrava.

Cristina pediu compreensão para Gabriel:

– Laura é uma menina carente. O choque foi demais para ela. Tenho fé que um dia ela se reconciliará com o mundo.

Uma das professoras de Laura, percebendo a amargura da menina, procurou ajudá-la. Chamou-a:

– Laurinha, você não gostaria de tomar conta de uma das classes do jardim? Teria que vir na parte da manhã e receberia um ordenado. Que tal?

Um vivo interesse surgiu nela:

– Se a senhora acha que darei conta das crianças, aceito.

– Está combinado. Hoje é sexta, pode começar na segunda. Passe pelo departamento pessoal e se informe sobre os documentos que precisa trazer.

– Obrigada, dona Hélia, pela oportunidade.

Sorriu para a professora. Seu primeiro sorriso, desde muito tempo.

Laura passava o dia ocupada. De manhã as crianças, à tarde aulas, e à noite revia os estudos. De um lado, o contato com os pequenos foi um bálsamo para seu coração ferido. Impossível não se contaminar com a alegria das crianças, com sua vivacidade. Laura se embevecia com seus olhinhos vivos e irrequietos, suas brincadeiras, brigas, sua atividade incessante.

Criança é vida em plenitude. Laurinha participava dessa vida. Por outro lado, com as horas ocupadas, tinha uma desculpa para não conviver com os seus. O distanciamento parecia justificado.

Nesse ritmo, ela terminou o terceiro colegial. Prestou exame para a Faculdade de Letras da Universidade de São Paulo e foi aprovada com ótimas notas.

Entretanto, há muito se avultava nela um desejo que depois se tornou uma determinação...

Parte IV

Minha mãezinha de amor,
aparece de vez em quando:
para veres que és sempre amada
e dizeres se algum dia nos encontraremos.

Cecília Meireles

Em busca de si mesma

Célia cursava o terceiro colegial e Clara passara para a oitava. Nos últimos tempos tinham convivido razoavelmente com Laura, que continuava a adorar seu violão, tocando durante horas.

Desde a morte de Dênis, nunca mais falou nele. Nem com a mãe, nem com as irmãs, nem mesmo com Cristina. Seguia seu caminho na vida, mas sem a antiga combatividade. Antes havia ardor em suas agressões, agora só rispidez. Não se ligara mais a nenhum rapaz. Sua vida eram os estudos, o trabalho com as crianças, o violão.

Clara seguira os passos de Laura, e há dois anos estudava violão. Tinha seu instrumento, mas, estabanada como sempre, vivia arrebentando-lhe as cordas. Numa dessas ocasiões, sem pensar duas vezes, foi buscar o de Laura. Precipitada, pegou-o e, ao descer a escada, tropeçou. Conseguiu segurar no corrimão, mas o esforço a fez largar o instrumento, que foi batendo nos degraus para parar só lá embaixo, rachado em dois lugares.

Teresa correu com o barulhão.

– O que você aprontou, Clara?

– Foi sem querer, mãe. Soltei o violão para não cair na escada. É o da Laurinha, mãe.

– Vamos ter tempestade. Ela já te pediu para não pegar nele. Tem razão, você é muito descuidada.

Quando Laura soube do estrago, tremeu de raiva.

– Você sempre vai estragar, destruir o que mais eu gosto?

– Não foi de propósito, Laurinha. Eu ia caindo da escada.

– Mas eu não te emprestei meu violão – suas mãos tremiam de fúria contida. – Vocês fazem o que querem, não se importam com o que eu penso.

– Não diga isso, Laura! – pediu Teresa.

– Digo. Não tenho direitos nesta casa, vocês vão ficar, e logo, livres de mim.

– Como? Livres de você! Está exagerando, filha.

– Não estou, não. Vou-me embora, ser independente, deixar esta casa onde sou um peso para todos.

– Deixe de bobagem, Laurinha. Esta casa é sua.

– Não sinto assim. Sou uma estranha que pegaram por caridade. Não quero dever favor para ninguém.

Teresa ficou sem fala, atônita. Tinha percebido que os olhos de Laura pareciam brasas sob as grossas sobrancelhas pretas. No seu íntimo, pedia perdão a Deus pelo mal que causara à filha. Até quando pagaria por isso?

Entretanto, quando dali a pouco conversou com Rui, o fez ponderadamente, procurando atenuar os efeitos da ameaça. Ainda tinha uma esperança, não muito grande, de que Laurinha tivesse ameaçado só por ameaçar.

– Rui, o psicólogo já tinha me prevenido. Laurinha precisa encontrar a liberdade. E para isso precisa merecê-la, aceitar a si mesma, a nós e às irmãs, e isso ao modo dela.

Novamente se instalou na casa um clima difícil. Parecia que todos carregavam sobre os ombros um peso incômodo.

Como se já não bastasse a atmosfera da casa, os jornais, por ser época de abertura, traziam terríveis casos de desaparecimento, mortes, torturas. Depoimentos de mães de desaparecidos ou mortos em circunstâncias suspeitas. As manchetes normalmente eram: "Seu filho está morto, agora" ou "O depoimento que abalou fronteiras". Um dos artigos dizia: "Sei como é penoso o seu depoimento. Mas a senhora, que suportou tanto sofrimento, compreende que o próprio sofrimento tem uma finalidade. O sacrifício de seu filho não é sem sentido. Há sempre a necessidade de que alguém morra para que se salve uma ideia, um princípio. Creio que os acontecimentos já estão evoluindo no sentido de que esse perigo de assassinatos, de violência, de desrespeito à dignidade da pessoa humana seja afastado". A seguir a mãe dizia acreditar que o sacrifício dele não fora em vão, tanto que ele resistira e se comportara de maneira estoica diante das torturas que se prolongaram noite adentro: "E enquanto negavam sua prisão, estava sendo assassinado. Sempre foi um menino quieto, um pensador e um estudioso. As absolvições estão aí para provar, ele realmente tinha um ideal de democracia, que eu acredito viesse dos seus antepassados e estivesse bem enraizado dentro dele, não era só o ideal de um mero intelectual, mas de alguém que realmente acreditava na liberdade para todos. Agora, ele morreu por esse ideal e eu sinto muito orgulho dele". Seguiam-se depoimentos de testemunhas de tortura, carta da mãe de um dos que foram torturados na mesma ocasião.

Uma repulsa, um horror crescia dentro das pessoas. Onde ficava o respeito pelos direitos humanos? Justiça? Revolta geral e angústia tomavam conta das pessoas conscientes.

A vida não era fácil. Era preciso lutar sempre, não esmorecer. Defender o que é direito.

Laurinha vivia à margem desses acontecimentos, mergulhada na própria instabilidade. Tomava todas as providências para sua futura independência. Desde que começara seu trabalho no jardim, economizava dinheiro.

Uma colega sua, Neide, cujos pais tinham morrido em acidente, fora viver no Rio, deixando os parentes que a tinham criado. Morava em um pensionato para moças. Laura lhe pediu informações e por intermédio dela reservou um lugar no pensionato. Conseguiu também, alegando mudança, sua transferência para a Universidade Federal do Rio. Como iria sobreviver? Procuraria uma escola para dar aulas.

Essa era a sua determinação: sair de casa, esquecer a vida em São Paulo, ter novos amigos, procurar seu lugar no mundo.

Como sempre, não procurava a mãe para conversas particulares. Não gostava de se ver a sós com ela. Por isso, durante o almoço, avisou:

– Amanhã vou embora para o Rio. Já comprei a passagem.

Estendeu para a mãe uma folha de papel:

– Este será o meu endereço no Rio, um pensionato de moças. Quando tudo estiver normalizado, escreverei.

Rui levantou-se, alterado. Ia protestar, mas Teresa segurou-o pelo braço dizendo:

– Está tudo bem, Rui. Laura sabe o que faz.

À noite, sozinha, Laura achou o futuro feio e difícil. Até o quarto lhe pareceu estranho, embora dormisse nele desde criança. O frio estava não só no corpo, mas também em sua alma. Não se conhecia direito. Sabia apenas que, quando criança, conhecera a doçura e a suavidade. Que tivera, então, entusiasmo e alegria de viver, mas reconhecia-se hoje tomada por uma insensibilidade glacial. "Acho que fui covarde, aceitando tudo: conforto, casa, comida, roupas, zelo, sem que eu retribuísse. Devo procurar meu caminho, saber para onde segue minha vida."

Não se deteve em considerar os sentimentos dos pais. Achava que a vida fora muito dura com ela, não desculpava Teresa por não ter sido franca; a revolta completara-se com a morte de Dênis.

Arrumou as malas. Guardou o que sentia seu. Dormiu cansada. As últimas horas em casa foram silenciosas. Percebia nos olhos de Teresa e de Rui grande reprovação e tristeza. Quando deu adeus às irmãs, elas a abraçaram chorando.

– Seja feliz, mana.

Clara, no seu jeito despachado:

– Vê se se enche logo do Rio e volta para casa.

Evitando o olhar de Teresa:

– Até logo.

– Até logo, filha. Que Deus a acompanhe!

Sim, não tinha coragem para encarar os olhos maternos, nadando em lágrimas. Rui levou-a até a rodoviária. No último instante, ele pediu:

– Não quer reconsiderar, filha?

– Não, assim vai ser melhor para todos.

Ela se foi. Figurinha indefesa à procura de si mesma.

Teresa, Rui e as filhas conversaram muito naquela noite. Comentaram e reviveram bons e maus momentos. Clara sentia remorsos:

– Eu queria ser amiga dela. Ela nunca deixou, levantava os ombros, me fuzilava com os olhos.

– Sinto tanta pena de Laura, mãe – comentou Célia. – Ela sofreu muito, e vai sofrer mais, por causa de seu gênio.

– Vocês têm razão. Há nela muita frustração, nós fizemos muitas coisas e a magoamos outro tanto. A maior culpada fui eu. Seu pai quis contar a ela que era adotada, e eu não deixei.

– Eu tenho culpa, também, Teresa. Fui fraco demais, fugi à violência dela, não a enfrentei e não me impus como pai.

– Não sei, não, Rui. Talvez sua mansidão tenha calado no coração de Laura. De todos nós, quem mais ela atende é a você. Laura sentiu-se espoliada. Como se de repente tivéssemos tirado seu direito de ser filha. Então, o lado violento dela predominou. Tenho uma certeza comigo: lá no fundo do coração, ela nos quer muito. Agora vive um conflito, não sabe mais quem é. Não consegue amar a si mesma. Quando conseguir superar essa luta, voltará. Rezarei todos os dias para que isso aconteça.

No ônibus, olhando a paisagem deslizar rapidamente pela janela, Laurinha suspirou: "Não sou má, não sou má. Tenho que me dar uma oportunidade".

Encostou a cabeça no banco e deixou o pranto correr livre.

Quanto tempo duraria a viagem?

Saudade doída

Os primeiros tempos no Rio não foram fáceis. De início, apreciou a beleza da cidade, as praias, aquele permanente clima de férias com muita gente nas ruas, os encontros nos barzinhos. Depois, a necessidade de ganhar o próprio sustento preocupou-a. Andou bastante, lia os anúncios de emprego nos jornais.

Numa dessas procuras foi dar num orfanato. Enquanto a conduziam para uma sala, olhou uma fila de meninas seguindo para a sala de aulas. Eram menininhas tristes, apagadas, vestidinhas de algodão.

Laura sentia uma indefinível aflição. Desde que conhecera a própria condição, tinha muita pena das crianças sem pais, queria abraçá-las, fazer alguma coisa por elas.

As meninas foram entrando na classe e ela não as viu mais. Pensou consigo: "Pobres meninas de orfanato! Criadas sem afeição, em total carência. Se eu não tivesse sido adotada, poderia ser uma delas!".

Sentiu uma grande revolta. Uma voz, no fundo de si mesma, pensava: "Você teve a felicidade de ter pais que a adotaram! É isso que falta para estas crianças: serem adotadas!".

Sufocou esse pensamento, achando que a sociedade era culpada. Esquecia-se das crianças, deixava-as crescerem sem amor, amontoadas nas instituições.

Infelizmente, a conversa com a diretora não teve resultados. O ganho pouco, horário integral, e ainda por cima muito longe do pensionato.

Quando já tinha gasto boa parte de sua reserva de dinheiro, conseguiu ser aceita como professora do jardim de um colégio particular. O prédio ótimo, salas amplas, vários pátios de recreio, colegas de trabalho simpáticas e acolhedoras.

Laurinha ficou mais sossegada. Seu dia ficou dividido: trabalho de manhã, faculdade à tarde, estudos à noite. Quando a matéria estava em dia, saía algumas noites com Neide.

Passou a fazer parte de uma turma que frequentava a mesma praia, discotecas e outros pontos de encontro.

Uma noite escreveu para Teresa: sentiu-se emocionada, mas nada deixou transparecer nas palavras formais. Contou do emprego, dos amigos e dizia-se satisfeita. Aliás, Teresa e Rui refrearam muitas vezes o impulso de escrever ou telefonar. Discutiam e acabavam sempre reprimindo a vontade de comunicação. Sofriam bastante, mas sabiam que era melhor aguardar.

Assim, em resposta à carta de Laura transmitiram todo o afeto que tinham por ela. Laurinha recebeu uma resposta carinhosa demonstrando forte interesse e incentivo para a sua vida. Guardou-a e não escreveu em seguida. Só meses depois cedeu a outro impulso. Seus pais sofrendo sempre, divididos entre a saudade doída e o medo de piorar a situação com a presença.

Entre os novos colegas de faculdade, Mário começou a se aproximar dela. Moreno, bonito, olhos verdes, bastante conversador e seguro de si. Numa tarde, ele a procurou sorridente:

– Laura! Gostei do seminário sobre os modernistas. Sua aula foi excelente.

– Bem, você está exagerando, mas agradeço. Para falar a verdade, gosto mesmo de estudar.

– Você está certa. É bom a gente fazer as coisas para valer. Dá satisfação. Sabe, Laura, eu achava você meio sem graça, fechada, sei lá o quê. Pois fiquei bobo de ver como dominou a classe. Todo mundo fez silêncio, se interessou.

Convidou-a para beberem qualquer coisa. Passaram horas agradáveis. A partir daí, encontraram-se com frequência.

Laura notou que Mário era respeitado pelos amigos. Sempre liderava os programas. Se havia coisa que adorava, era futebol. Contou, pedindo segredo, ter sido procurado por um treinador de um grande time com propostas:

– Acho que vou aceitar.

– E a faculdade?

– Vou levando.

Laurinha nunca se esquecera de Dênis e sofria ainda quando pensava nele. Mas ele morrera. Foi se deixando levar por Mário. Nem saberia dizer quando, mas começaram um namoro. O rapaz era muito envolvente.

Enquanto isso, um acontecimento começou a ocupar espaço cada vez maior na vida do país, das pessoas, de tudo: as eleições no final do ano. Escolher um candidato majoritário era coisa que o povo não fazia há muitos anos, mas muitos anos mesmo.

No Rio, a política fervia. Laura descobriu-se interessada, participando de comícios. Quando Mário a convidou para ajudar na campanha do PT, aceitou.

Foram dias superagitados, trabalho intenso até alta madrugada, planos, campanhas. Os meses voaram.

Laurinha passou a enxergar a vida por outro ângulo: pensava mais em termos de sociedade, de engajamento. Percebeu ser fundamental a conscientização de cada brasileiro e que a luta pela democracia era dever de todos. Enquanto houvesse gente passando fome e miséria, não haveria justiça.

Até ali vivera muito para si mesma, seus problemas, suas complicações familiares. Laurinha, no comitê eleitoral, ajudou principalmente o setor de Imprensa. Descobriu ser o jornalismo algo muito vivo, apaixonante, que vinha ao encontro desse seu novo anseio. Decidiu-se: terminado o curso, faria Jornalismo.

Aborto? Mil vezes não!

Laurinha andava um pouco indisposta, sentindo atordoações, estômago enjoado. Quando a menstruação não veio, teve a certeza: estava grávida.

Sozinha com a descoberta, recordou os últimos tempos. As longas discussões, plantões no comitê, as vindas no carro de Mário, cada vez mais exigente nas suas carícias. Finalmente ficaram juntos. "Talvez culpa da minha procura intensa de amor e carinho, que julgara perdidos com a morte de Dênis. Agora, estou nesta situação."

Laurinha procurou Neide:

– Estou num sufoco tremendo, Neide. Queria conversar com alguém, desabafar.

– Pois desabafe, menina. Ajudo no que puder, pode contar comigo.

– Acho que estou grávida – respirou fundo, buscando coragem. – E agora?

– Nossa, Laura! Por essa eu não esperava. Não tomou cuidado? Mas o importante é não entrar em pânico.

– Já estou em pânico.

– Você não pensou em abortar, pensou?

– Pensei. Porém, cheguei à conclusão de que não farei isso nunca. Quero a criança. Não vou nem mesmo repetir o que minha mãe fez comigo: dar para terceiros. Abortar seria mil vezes pior.

– Concordo, Laurinha, mas que vai ser uma barra, isso vai.

– É, estou assustada, mas você me dá uma força?

– Claro, querida. Para isso somos amigas, para o que der e vier. Por falar nisso, já contou para o Mário?

– Ainda não. Mas penso saber qual será a reação dele. Terei que contar apenas comigo mesma.

A primeira providência que Neide e Laura tomaram foi uma consulta a um bom médico, que confirmou a gravidez. Depois procuraram uma pensão para Laura. Ali, no pensionato, não podia mais ficar. Era do regulamento da casa: só aceitar moças solteiras, sem filhos. Mulher grávida, nem pensar!

Depois de boa pesquisa, localizaram uma pensão como desejavam: comida caseira, quartos limpos, mensalidade razoável e no mesmo bairro, Catete. Era a pensão de dona Maricota.

Os primeiros entendimentos foram por telefone.

Quando conheceram dona Maricota, encantaram-se com ela: mulher despachada, simpática, queria bem às pessoas.

Laurinha não quis esperar. Acertou as contas e mudou-se para a pensão. Lamentou ficar separada de Neide, mas não havia outro jeito. Já instalada, amadurecidas as próprias intenções, teve uma conversa com o namorado.

– Mário, andei me escondendo de você, mas a razão é que estou grávida.

– O que você está dizendo?

– Estou grávida.

– Grávida? Mas como? Não tomava pílulas? Eu te preveni. Bem que te achava, às vezes, provinciana... Agora me vem com essa!

– Quer parar de ser bruto? Não considerou que você vai ser o pai?

– Pai, eu? Corta essa. Você não me consultou, eu te pedi pra tomar pílulas. Não quero ser pai, essa criança não pode nascer.

Laurinha se controlou. Teve uma vontade imensa de lhe dar um tapa na cara.

– Não pode nascer? Porque você não quer?! Simplesmente isso? E pensa que vai matando a criança, assim, só para satisfazer seu egoísmo? Você me usa, agora me larga. Tudo bem. Vou ter a criança e cuidarei dela. Não preciso de você.

– Laura, compreenda. Não quero atrapalhar minha carreira. Preciso de independência. Vou ingressar num time grande, mas preciso me fazer, me tornar um craque. Não posso treinar, seguir faculdade e trabalhar para sustentar mulher e filho. Não tenho condições de assumir esses encargos. Você criou a situação.

– Nem pretendo prejudicar sua carreira. Algum dia, jogaria na minha cara ou na do meu filho que nós atrapalhamos sua vida. Passe bem, Mário, e me faça um favor, sim? Esqueça que eu existo.

Laura cumpriu à risca o que resolvera. Mário tentou algumas vezes falar com ela. Sem rodeios ela enfrentou-o:

– Mudou alguma coisa depois de nossa última conversa?

– Não. Mas me preocupo com você. Está passando bem? Posso arranjar algum dinheiro.

– Pode guardá-lo. Não preciso de nada. Trabalho, me sustento, tenho médico e hospital assegurados. Passe bem.

Laurinha chorou muitas vezes, sozinha no quarto. Sentia-se desalentada, temia pelo futuro da criança. Neide era a companheira que a encorajava, que a ouvia nos desabafos. Dona Maricota foi sensacional. Mulher vivida, sem preconceitos, compreendeu Laurinha, não a atormentou com falações inúteis. Amparou-a.

– Você não vai dar a notícia da gravidez para sua mãe?

– Não, dona Maricota. Dei seu endereço para meus pais, mas quero evitar maiores preocupações para eles.

– Você é quem sabe de sua vida.

Laurinha percebeu que a notícia da gravidez correra entre as colegas e conhecidas. Notou claramente que muitas das amigas passaram a evitá-la.

Sentiu na pele a rejeição social: as mães solteiras!

Quantas vezes em rodas de amigos discutiram a questão. Mas como era diferente! Uma coisa é tratar do problema racionalmente, friamente, a distância. Outra era vivê-lo. Era muito, muito difícil.

Laura via, com maior clareza, a sobrecarga que a sociedade impõe às mulheres. As mulheres grávidas e solteiras tinham que enfrentar sozinhas todo o ônus de seu estado: encontrar soluções, enfrentar as insinuações, a falta de apoio, cuidar de sua saúde, ter o filho, criá-lo, trabalhar para sustentá-lo. A injustiça da situação revoltara profundamente Laura. Mas não conseguia vencer as próprias barreiras e procurar pelos pais. Procurou tirar tais considerações da cabeça. Voltou-se para Maricota e disse:

– Pois é, dona Maricota. O final do ano está aí: vou escrever dizendo que viajarei para o Norte, para a casa de uma colega. Assim deixarão de insistir pra que eu vá passar o Natal e as férias em São Paulo.

– Mas está pensando mesmo em viajar?

– Não. Ficarei trabalhando. Aproveitarei as férias da faculdade e do colégio para trabalhar todo dia num parquinho da prefeitura. Economizarei o bastante para o enxoval do bebê. Já planejei tudo.

De fato, Laurinha seguia à risca suas próprias resoluções: o parto estava previsto para julho. Assistiria às aulas até junho. Depois, as férias coincidiriam com o nascimento da criança. Faltaria mais um mês na faculdade, pediria licença no trabalho, depois retomaria a rotina diária.

– Devo minha paz à senhora, dona Maricota. Se não fosse seu oferecimento em cuidar da criança, não sei como daria conta de tudo.

De fato, dona Maricota fora sensível às preocupações de Laura e por isso dissera que cuidaria do bebê com ajuda de suas auxiliares de pensão.

– Ando com saudade de crianças, sei que vou gostar de ter um bebezinho por perto.

Laurinha trabalharia de manhã, à tarde ficaria com o bebê, à noite iria à faculdade. Desse modo poderia lutar sem recorrer aos pais.

– Saí de casa para resolver minha vida, como poderia voltar com um problema maior? Não quero a piedade deles, de jeito nenhum. Tenho que me bastar.

Mãe é para isso...

Laurinha era bastante sadia. Sua gravidez transcorreu normalmente. Encontrou grande apoio nos amigos, que admiravam sua coragem. Apenas o pessoal de Mário se afastou. Ela achou melhor, pois ficava mais fácil evitar o rapaz.

O ventre crescera muito, denunciando o oitavo mês. O enxoval estava pronto na cômoda comprada para o bebê. Neide fizera questão de dar o berço. Laura já a convidara para madrinha da criança e ela aceitara na maior das alegrias.

Os dias, agora, eram de grande expectativa para Laura. Ela se preparara bem, comprara livros, fazia as ginásticas prescritas, cuidava-se para não engordar muito, nada fácil com a fome que sentia.

Quando se completaram os dias, Neide, depois de ponderar bastante, escreveu para Teresa sem que Laura soubesse. Contou da coragem dela assumindo a criança, não concordando com a proposta de aborto feita por Mário. Transmitiu, também, as razões de Laurinha em ocultar seu estado.

Teresa ficou atordoada com a carta. Chocados, a princípio, aos poucos ela e Rui analisaram a nova situação. Compreenderam a busca contínua de Laura, seus tropeços, mas reconheceram que ela revelava garra, coragem, força de vontade. Ela cresceu bastante aos olhos deles.

Teresa ponderou:

– Rui, não vai ser fácil dar essa notícia aos amigos. Meus pais vão sofrer pela neta.

– Você tem razão. Dulce e Leo lamentarão mais essa carga na vida de Laura, mas procurarão ajudá-la... Enfim, isso é a vida. A única coisa que podemos fazer é preparar-nos para alfinetadas e comentários maldosos. Se você e eu não nos deixarmos atingir, tudo bem. Precisamos é ter o equilíbrio interior de analisar a situação com tranquilidade, e de ver que nossa filha atravessa uma situação difícil, de crise, mas com nosso carinho e apoio poderá superá-la bastante bem.

– Querido, você sempre me surpreende. Nos momentos difíceis, ganha mais força.

Teresa deu-lhe um beijo, reconhecida.

Combinaram o seguinte: Neide avisaria quando chegasse o momento do parto e Teresa iria para o Rio. Ficaria na pensão e faria o que pudesse pela filha.

Teresa ficou extremamente agradecida a Neide.

Numa manhã fria de julho, Laurinha acordou bastante indisposta. Foi-lhe penoso levantar e ir tomar café.

Na mesa, Maricota notou seus olhos empapuçados, o rosto um pouco inchado. Disse para si mesma: "A hora está chegando". E para Laurinha:

– Filha, você está com tudo pronto?

– Estou, sim, dona Maricota. Está notando alguma coisa? Hoje não me sinto bem.

– Não sei, Laurinha. Mas está me parecendo que a hora se aproxima. Estava pensando no parto. Sabe, tive quatro filhos. O parto é o mínimo, criar os pequenos é outra coisa. A vida dos filhos à nossa volta é dura. Muitos crescem estranhos e não raro surgem problemas entre eles. De quem será a culpa? Dos pais ou dos filhos? Não sei se nos dias de hoje aguentaria criar os quatro.

Laurinha olhou Maricota com os olhos muito abertos. Suas palavras calaram fundo, servindo direitinho para ela. Diante de seu espanto, Maricota continuou:

– Não pense que meus filhos foram diferentes dos filhos de outros. Não me decepcionaram nem mais, nem menos que os filhos de outras mães. Mas eles causam, sempre, muitas mágoas, tristezas quando se tornam homens ou mulheres. É da vida. Mas estou aqui a ser pessimista, quando você está tão entusiasmada com seu primeiro filho. Que Deus proteja vocês dois.

– A senhora tem razão. Eu mesma causei muitos sofrimentos a meus pais adotivos.

Sentiu uma curta e forte onda vinda do meio das costas, diluindo-se nos flancos. Contraiu um pouco o rosto e ficou atenta.

Maricota percebeu:

– Está sentindo alguma coisa, filha?

– Uma dor diferente, parecia uma onda, apareceu nas costas, cresceu e desapareceu.

– É assim mesmo, é uma contração. Pode ser o anúncio do trabalho de parto.

– Tomara que seja, dona Maricota. Este finalzinho está sendo duro, é horrível essa espera demorada.

– Observe se as contrações virão regulares. Marque o tempo entre uma e outra.

– Vou descansar um pouco.

– Certo, filha, logo subirei a seu quarto.

Então as ondas de dor, no começo bastante espaçadas, começaram a ser mais próximas e mais intensas. Maricota telefonou para Neide e avisou o hospital. A enfermeira pediu que tornasse a avisar quando as dores estivessem bem regulares e fortes.

Laura revisou outra vez a mala. Ficou recostada na cama. Uma grande dor pareceu esmagar-lhe as costas. Sentia a testa úmida. Durante a contração respirava ofegante como lhe tinham ensinado. Isto aliviava bastante. Uma das vezes que se esqueceu de respirar "cachorrinho", a dor pareceu-lhe muito pior.

– Pode mandar vir a ambulância, dona Maricota.

Maricota ficou nervosa. Gaguejou ao telefone. Vivia aqueles momentos como se Laura fosse uma filha.

O trabalho de parto, como geralmente acontece com o primeiro filho, durou algumas horas. Laura sofreu dores fortes, que se abatiam contra suas costas e pareciam parti-la ao meio. O esforço foi muito grande, a dor vinha intensa, envolvia-a como uma onda, fulgurava, ela sentia-se flutuar acima do sofrimento. Quando tudo ficou intenso, não lhe dando descanso, foi transportada pelos corredores do hospital até a sala de parto. Viu o olhar aflito de Maricota, que lhe acenava. Não tinham encontrado Neide, mas ficou o recado para ela. Depois a dor tomou conta dela, surgindo uma imperiosa necessidade de fazer força. Alguém amparou suas costas e ela ouviu o médico dizer-lhe:

– Concentre-se, isso, empurre para baixo, força. Vai indo bem.

Quase desmaiou quando foi atingida por dor tão lancinante que lhe pareceu um raio. Dali a segundos ouviu um choro de bebê. Depois mergulhou num sono de inconsciência, devido à anestesia.

O bebê – uma menina – nascera às duas da madrugada. Maricota, após o parto, voltara para a pensão. Neide recebera o recado e avisara Teresa. Às sete da manhã, ela chegava. Quase não aceitou o café que Maricota lhe trouxe. Teresa não via a hora de encontrar-se com a filha. Antes passou numa floricultura.

No hospital, Maricota entrou primeiro.

– Veja quem está aqui, Laurinha.

Teresa entrou, aproximou-se. Laura não lhe estendeu os braços. Teresa curvou-se e beijou-a na testa.

– Você está bem, filha? E a menina?

– Estou me sentindo ótima. O bebê é forte, acabou de sair do quarto. Já escolhi o nome, será Regina.

– Lindo nome. Seu pai e as meninas enviaram-lhe presentes. Estão orgulhosos de você.

– Obrigada.

A conversa foi formal. Teresa não forçou nada. Não a recriminou, não disse uma palavra que a ferisse. Num momento, percebeu que Laurinha estava muito emocionada. Ela e Maricota ficaram um bom tempo no quarto. Este era ocupado por três mães. Foram elas que compartilharam com Laurinha a alegria de carregar pela primeira vez a filhinha e também de amamentá-la. Sorrindo, Laura comentava a avidez com que o bebê lhe sugava o seio, como se já fizesse isso há muito tempo.

Teresa voltou várias vezes ao hospital. Chorou ao carregar Regina. Laura manteve-se calada, mesmo quando ouviu suas palavras:

– É linda esta minha neta. Estou feliz por ser avó.

Depois de quatro dias, mãe e filha receberam alta. Teresa foi muito útil. Ajudou nos primeiros banhos, nas trocas de fraldas, no preparo dos chazinhos. Laurinha tinha bastante leite, mas o bebê chorava muito de cólicas. Teresa tomava conta, permitindo a Laura recuperar suas horas de sono.

Passados quinze dias, Teresa avisou ter necessidade de voltar para São Paulo. Laurinha agradeceu:

– A senhora me valeu muito. Nem sei como agradecer.

– Mãe é para isso, fiz com prazer. Escreva-me contando dos progressos de Regina. Seu pai mandou-lhe um recado: a casa é sua, para a hora que quiser.

– Está tudo bem. Dona Maricota, como viu, é excelente pessoa. Com a ajuda dela, darei conta do recado.

Na viagem de regresso, Teresa ia repassando os acontecimentos, as palavras de Maricota:

– A gente nunca se esquece de que é mãe. Os filhos, porém, muitas vezes se esquecem de que são filhos.

Rui foi buscá-la na rodoviária. Em casa, Clara e Célia queriam saber tudo sobre Laura e o nenê.

– Regina é uma criança linda, forte, traços muito benfeitos. Boquinha perfeita. Cabelos escuros, mas a pele ficou muito clara, passado o vermelhão dos primeiros dias.

– Ela te recebeu bem, mãe?

– Acho que ficou satisfeita quando me viu. Não demonstrou muito, mas não conseguiu esconder a emoção que sentia. Aceitou meus préstimos, e isso para mim foi bastante.

– Você tem razão, Teresa.

– Temos que dar tempo ao tempo. É um bom sinal ela ter aceitado você. A gente só aceita ajuda dos que são muito ligados a nós. Laura precisa compreender-se, sentir-se em paz consigo mesma antes de poder ser livre. Então, ela virá para nós.

Sorriu para si e para a vida

Laurinha vivia intensamente a maternidade. Adorava Regina. Divertia-se com suas caretas, achava incrível o tamanho das mãozinhas e dos pés.

– Que fragilidade, meu Deus! Parece que vai quebrar! E pensar que uma coisinha dessas é gente!

Tinha medo de derrubá-la, segurando-a com extremo cuidado. A princípio Regina emagrecera um pouco: de três quilos e meio, baixara para três e cem. Depois, a cada dia, começou a ficar mais rosada e gorda. Tinha um sorriso que era um encanto.

A pensão toda festejou o nenê, que ganhou muitos presentes. Neide era a madrinha mais coruja deste mundo. Sempre que seu trabalho e aulas permitiam, visitava Laura, atenta às necessidades da amiga.

Aos poucos, Laura sentiu-se mais segura, cuidava com calma da filha. Retomou as atividades. Enquanto estava fora, Regina recebia mamadeiras, mas durante a tarde e quando chegava à noite dava-lhe o seio. Tudo corria da melhor maneira possível.

Regina crescia forte, sorridente e já dava mostras de reconhecer a mãe, para alegria de Laura, que sentia algo muito terno e forte crescer dentro dela. Um sentimento enraizado e nascido dos cuidados do dia a dia, daquele conviver com a filha. Compreendeu como um bebê está totalmente dependente da mãe ou da pessoa que faz as vezes desta.

Lá no fundo do seu subconsciente, uma certeza despontava.

Laura gostava muito de passear com Regina, deitada no carrinho, nos finais de tarde. Orgulhosa, ouvia os comentários das pessoas tocadas pela figurinha de Regina: olhos pretos como os de Laura, cabelos fartos, castanho-escuros, contrastando com a pele muito branca. Era um bebê muito bonito e as pessoas não ficavam insensíveis a seu encanto.

Regina completaria quatro meses na próxima semana. Não é que amanheceu com gripe forte e febre? De início, Laurinha não se alarmou, consultou o pediatra, comprou os remédios prescritos, mas o bebê não melhorou. A febre mantinha-se muito alta.

Laurinha pediu que o médico viesse até a pensão. Depois de examinar demoradamente o bebê, não parecia muito satisfeito.

– Aguardaremos mais um dia. Ela está com os pulmões muito tomados, não podemos arriscar. Amanhã cedo passarei aqui. Se a febre não ceder, ou o quadro não se alterar, aconselho o internamento. Aliás, dona Laura, a senhora precisa vigiar continuamente o bebê. Qualquer alteração na respiração, leve-a para o hospital. Já deixei ordem de internamento na portaria.

Laura passou a noite sentada na cama, apoiada na grade do bercinho, observando Regina. A febre não cedia, a criança estava bastante abatida, completamente largada no berço.

Pela manhã, bem cedinho, o médico chegou. Examinou-a.

– Prefiro interná-la. Não estou gostando da aparência dela. Faremos alguns exames. O bebê está apresentando dificuldade respiratória, todo cuidado é necessário.

Laurinha preparou uma maleta, Maricota levou as duas no seu

carro. Aquele dia foi ocupado com exames. Mais tarde, o doutor explicou:

– A menina está com pleurisia, infecção da membrana que envolve os pulmões. Aqui, receberá tratamento intensivo. Estaremos atentos a qualquer complicação.

O médico permitiu que Laura permanecesse na enfermaria, junto ao bebê. Era um quarto espaçoso, mas ocupado por oito camas. Laura ficava sentada numa cadeira, às vezes andava um pouco.

Regina esteve muito mal, foi levada para a Unidade de Terapia Intensiva. Ficou num balão de oxigênio. Laura sentiu uma dor imensa, uma tristeza enorme, como se, mais uma vez, sua vida perdesse o sentido. Só lhe importava a saúde de Regina. Começou a rezar, pedindo saúde para a filha. Sentiu-se mais confortada depois da oração. Há muito tempo não rezava.

Quando Regina foi transferida para a Unidade de Terapia Intensiva, Maricota telefonou para Teresa, que ficou arrasada e, mais uma vez, fez o percurso São Paulo–Rio com o coração angustiado.

Regina já voltara para o quarto, mas seu estado ainda era grave. O peitinho arfava, subia e descia com sofreguidão. O soro, preso ao braço, pingava gota a gota. Foi uma longa noite. Laurinha não dormiu nem por um minuto. Trocava as fraldas quando preciso, enxugava-lhe a testinha úmida de suor. Sua vigília parecia-lhe essencial para a luta que a filha travava com a morte.

Então, uma luz foi crescendo dentro de Laura. Um clarão, uma lucidez, uma certeza. Ali estava sua filhinha, ela a amava totalmente, não por tê-la dado à luz, mas porque a quisera como filha desde que a vira. Dera-lhe o melhor de si, cuidara dela, lutara por ela como fazia agora. Teresa também fizera o mesmo com ela, Laura: salvara sua vida, vira-a crescer sob seus cuidados; também a quisera como filha, quando ela, Laura, tinha apenas horas de vida.

Um soluço sofrido, brotado do íntimo, rompeu suas últimas resistências.

Depois voltou o olhar ansioso para Regina e a percebeu mais serena. A febre baixara, ela dormia tranquila. Continuou seus pensamentos: o amor é o que importa. Viver é amar, é ser solidário. Deus é amor! Sabia, agora, que Ele nunca a abandonara. Chorou de arrependimento e de alegria. Lembrou das palavras de Dênis, já tão próximo de sua morte: "Tenho certeza de que você tem muito amor a dar nesta vida. Os seus esperam por isso. Eu também".

Só agora compreendia o que ele quisera dizer. Ele sabia que um dia ela veria a verdade, se libertaria de seus complexos. Laurinha estava excitada. Sentiu o peso morto do passado, pois nele não soubera amar. Apenas parcialmente amara Dênis, mesmo assim de uma forma egoísta, exclusivista, imatura. Privara-o do convívio dos seus.

Pela primeira vez percebeu a vida como os elos de uma corrente. O amor de um ser humano por outro. Enxergou que onde não há amor surge o ódio, o egoísmo, a violência, o medo. Não sentiu mais ódio ou ressentimento dentro de si. Deus está no homem, todos têm as mesmas emoções, esperanças, sofrimentos solitários. Quando o homem deixa de ser irmão, passa a ser carrasco, torturador, espoliador do próximo. Acontecem as guerras, as violações dos direitos.

Laurinha sentia-se renascer, sabia agora que nunca mais estaria só. Teria sempre o amor dos seus e o próprio sentimento pela vida. Experimentou uma grande ternura pela humanidade, tanta gente vivendo encurralada, espoliada, precisando de ajuda.

"Lutarei pelas minhas ideias, vou escrever, dar aulas, transformar meu amor em ação."

Com o romper do dia, a enfermeira da noite entrou para sua última visita. Laurinha adormecera de exaustão, do esforço feito para ordenar suas emoções. Abriu os olhos e viu a enfermeira.

– A nenê está sem febre. Pulso bom, acho que a infecção cedeu.

– Graças a Deus!

Pouco depois, o médico confirmou: Regina estava reagindo, o pior passara.

– Agora é dar tempo para a convalescença. Cuidado durante a realimentação. Mas a criança se recupera rápido. Este soro será o último. Logo receberá a mamadeira.

O médico saiu, a porta tornou a ser aberta. Teresa entrou sem barulho e ficou parada um momento. Laura não a ouvira entrar. Estava olhando a parede em frente, com os olhos fixos de quem está imerso em seus pensamentos.

Teresa deu uns passos, Laura virou-se e correu para ela.

– Mamãe! Querida mãe, me perdoa por tudo que lhe fiz.

– Claro, filhinha, claro. Mas como está minha neta?

– Fora de perigo, mãe. Esta noite, depois do que passei nas últimas horas, foi que compreendi tudo. Gostamos dos filhos porque os quisemos ter, acompanhamos o crescimento deles, lutamos por eles. Você e o pai fizeram isso por mim o tempo todo.

– Maricota me avisou da doença da Regina. Peguei o ônibus da madrugada.

– É isso, mãe. A senhora nunca me abandonou. Mesmo quando a magoei tão fundo.

– Nunca duvidei de você, filha. Foi um mau pedaço, um desencontro. Tudo passou. Estou tão feliz, filha!

– Mãe, quando Regina estiver forte, quero voltar para casa. O que você acha?

Teresa puxou-a para si, abraçando-a fortemente entre lágrimas.

– Seu quarto sempre esteve a sua espera. Eu e seu pai nunca duvidamos de que voltaria.

– Continuarei trabalhando. Estudarei à noite, faço questão de ajudar nas despesas. Só volto com essa condição.

– Você está certa, filha. Será como prefere. Suas irmãs vão adorar a sobrinha.

Mãe e filha, juntas, abriram o coração uma para a outra.

Depois Laurinha foi até a janela. Um sol forte dourava as árvores, as pessoas, as coisas. Os carros passavam velozes.

Sorriu para si e para a vida.

A autora

Arquivo pessoal

Nasci em Amparo, cresci em Vera Cruz. Em 2002, completei 33 anos de vida entre livros, histórias, leitores de todas as idades, colegas, professores, escritores, ilustradores, editores, livreiros, divulgadores, bibliotecários, enfim, gente que é gente. Além de pertencer a várias casas (editoras) e ao meu ninho (minha família, marido, filhos, netos e amigos), tenho grande orgulho de ter cursado Direito e, depois, Letras, na Universidade de São Paulo, onde hoje sou professora titular no Departamento de Letras Clássicas e Vernáculas – trabalho na graduação e na pós-graduação. Minha militância é a leitura, a arte, a sensibilidade e o próximo em cada minuto de vida.

Penso que tudo começou na minha infância, explorando um quintal mágico com plantas, bichos e minha inseparável mangueira. Nela, aconchegada em três de seus galhos em forquilha, descobri Erico Verissimo, Monteiro Lobato e os Contos Maravilhosos. Li, leio muito, estudei, estudo muito. Trabalho intensamente no mundo do livro e, também, sempre que possível, no da música. Convivo com super-heróis de todo tipo: os professores do Brasil de hoje, pais, crianças, jovens que enfrentam monstros maiores do que dinossauros. Um pedido: por favor, deixem as crianças serem crianças, não arremedos lamentáveis de adultos. Há hora para tudo. Não as violentem, não as vejam como mercado consumidor. Que possam brincar, ler, estudar, viver!!! Respeitem o sagrado da infância. Mais que um pedido, isso é um brado, um berro!!!

Lúcia Pimentel Góes

Entrevista

Lúcia Pimentel Góes é autora de mais de cem livros voltados para o público infantil e juvenil. Vamos conversar com essa infatigável escritora e conhecer um pouco mais sobre suas obras e suas ideias?

SEU PRIMEIRO LIVRO, *REINAÇÕES DE MÍCHE E LUCITA*, FOI ESCRITO EM 1969. COMO VOCÊ SE TORNOU ESCRITORA DE HISTÓRIAS PARA CRIANÇAS E ADOLESCENTES?

• Sempre amei os livros, desde pequenininha. Não há escritor que não seja um grande leitor. No meu caso, aconteceu o seguinte: quando tinha cerca de 7 anos, em uma batalha de brincadeira, sofri uma queda e fraturei o pulso, fratura exposta. Mais tarde – não se sabe bem se por isso ou por causa de meu estudo intenso de piano, ou por jogar muito vôlei – deu-se em meu pulso direito uma má-formação óssea. O fato é que, aos 17 anos, já formada em música pelo Conservatório Dramático e Musical de São Paulo, uma junta médica proibiu-me de tocar. Não me derrotei, entrei para a Faculdade de Direito da USP, formei-me, casei-me. Porém, não poder tocar entristeceu-me muito. Quinze anos depois, as câimbras que sofria levaram-me outra vez ao ortopedista, que me disse que deveria subtemeter-me a uma operação. Nessa época, estava grávida de minha filha caçula. Quando ela completou um ano, não vacilei: fui tocar para o maestro Kliass, que me aconselhou a voltar para a música depois de ouvir-me (ele foi meu professor até sua morte). Voltei a tocar em público, prestei um concurso, ganhei, pelo Clube Pinheiros, o primeiro lugar no concurso interno, e depois no externo, com os concorrentes dos demais clubes, peguei o terceiro lugar e ganhei uma viagem para a Europa. Não pude ir, meus filhos eram pequenos, meu marido trabalhava e as viagens faziam parte de sua profissão. Mas a alegria de estar tocando novamente foi tão grande que, de um impulso, escrevi o primeiro livro, *Reinações de Míche e Lucita*, que contava as aventuras de uma sociedade secreta que primos, amigos e eu vivemos em nossa infância. O livro foi muito bem recebido. Não parei mais de escrever. E a música voltou, intensa. Depois de dez anos de trabalho ininterrupto, o grande maestro e compositor Edmundo Villani-Côrtes e eu criamos uma ópera, *Poranduba* (*cantando-canto-ópera rumor*). A concepção e o libreto são meus, a música, do Villani-Côrtes. Fomos agraciados com o prêmio *Clio* pela Academia Paulistana da História, cada um de nós pela sua criação autenticamente brasileira. Espero prosseguir com a literatura, a música, os cursos.

EXISTE MUITA DIFERENÇA ENTRE OS SEUS LEITORES DA DÉCADA DE 1970 E OS DE AGORA?

• Existe diferença nas obras (produção, temática e linguagem). As condições para a formação de leitores modificaram-se, não a essência. A leitura e o livro precisam ser reconhecidos como *valor* pelo povo, pela família, pelos jovens. A formação do professor deve acompanhar a evolução da mídia, e a convivência com a leitura tornar-se intensa, gostosa, criativa. É preciso garantir acesso fácil ao livro. O leitor criança e o leitor jovem são tão exigentes quanto o leitor adulto! Deve ser de conhecimento geral que a literatura para crianças e jovens é apenas um dos ramos da literatura. O livro é um arte-híbrido-fato, como denomino o livro de hoje. Este convive, perfeitamente, com o livro-só-texto-verbal, ou livro-só-imagem e outros.

ALÉM DE ESCRITORA, VOCÊ ATUA COMO PROFESSORA NA UNIVERSIDADE DE SÃO PAULO E DÁ PALESTRAS PELO BRASIL E PELO EXTERIOR. FALE UM POUCO DESSE TRABALHO PARA A FORMAÇÃO DE PROFESSORES.

• Considero o professor e o estudante de Letras em nosso país verdadeiros heróis. Não recuam diante dos obstáculos, têm uma força de vontade que vence qualquer barreira. Este é o perfil da maioria. Assim, dedico-me com grande amor ao que faço: recebo muito mais em troca. Generosidade no respeito, no carinho, na troca, no companheirismo com que me brindam. Há alunos que viajam toda uma noite, de ônibus, para poder pesquisar, aprofundar seus conhecimentos e, uma vez de volta às suas cidades ou a seus Estados, empenham-se em disseminar aquilo que aprenderam. O intercâmbio com outros países também é extremamente produtivo e generoso. Nós, brasileiros, somos recebidos lá fora com muito respeito, solidariedade e reconhecimento. Quanto a Portugal, tenho a alegria, que desejo compartilhar, de ter feito o primeiro doutorado aqui e lá, em Literatura Infantil e Juvenil Portuguesa. Criei também, nas Bienais Internacionais do Livro de São Paulo, patrocinadas pela Câmara Brasileira do Livro, o Seminário de Literatura, Arte e Educação Luso-Afro-Brasileiro, que possibilitou a vinda de vários escritores portugueses ao Brasil.

AINDA QUE *VÍNCULOS* SEJA UMA FICÇÃO, PERCEBEMOS ALGUMAS QUESTÕES QUE NADA TÊM DE FICCIONAIS, COMO ADOÇÃO, GRAVIDEZ NA ADOLESCÊNCIA, PERDA DE ENTES QUERIDOS. POR QUE VOCÊ ACHA IMPORTANTE TRATAR DESSES ASSUNTOS EM LITERATURA?

• *Vínculos* trata de um tema central, que é a adoção. Vivi época em que as leis sobre adoção não tinham as exigências de hoje. O não revelar à criança que ela era adotada provocou traumas graves, em não poucos casos. Soube de alguns deles. *Vínculos* é ficção, e a ficção pode tratar de temas fantásticos, extraordinários, assim como recriar a vida em seus múltiplos aspectos. Tratei em *Vínculos* do amor, do ciúme, do ódio, da perda, dos sentimentos contraditórios e desconfortáveis que envolvem os membros de uma família, ou amigos e colegas e outros agrupamentos. Nesta ficção, procurei entrelaçar os problemas do período vergonhoso da ditadura militar e os dramas familiares particulares. Esta novela é tecida com os vários fios do amor. Acho importante que a literatura recrie o viver.

AUTORA DE MAIS DE CEM LIVROS VOLTADOS PARA CRIANÇAS E ADOLESCENTES, EM QUE VOCÊ ENCONTRA INSPIRAÇÃO PARA ESCREVER TANTAS HISTÓRIAS?

• Entre os cem livros voltados para crianças e adolescentes, publiquei um de prismas femininos, *Elas*, que recebeu o prêmio APCA de 1998. Foi escrito durante alguns anos. Já iniciei outro. Tenho, também, livros de poesia e de ensaios, alguns publicados, outros por sair. Penso que minha inspiração (se assim se pode dizer, pois escrever implica também leituras e estudos) nasce de meu grande amor à vida, sua multiplicidade, seu colorido, nossa Via Láctea e os bilhões de galáxias que nos circundam, a luz maior que impulsiona o ser humano a sempre ultrapassar-se, as multidões marchando unidas quer na dor, quer na alegria. Tantas provas de um amor infinito, Deus!

E A OBRA *VÍNCULOS*? COMO SURGIU A IDEIA DE ESCREVER ESSE LIVRO?

• *Vínculos* deseja sublinhar que o amor e a amizade nascem do compromisso, de você sentir-se capaz de dar a vida pelo outro, seja filho de seu sangue, seja filho de sua dedicação e de seu amor.

LÚCIA PIMENTEL GÓES JÁ VIROU ATÉ NOME DE BIBLIOTECA! COMO VOCÊ SE SENTIU COM ESSA HOMENAGEM?

• A primeira vez que meu nome foi escolhido para biblioteca foi em dezembro de 1990. Fui escolhida pela EEPG Petituba, de Santa Cruz, Rio Grande do Sul, por seus alunos e professores em eleição. Não conhecia ninguém nessa cidade, nem tinha estado lá antes. Foi o melhor presente de Papai Noel que recebi. E, a partir daí, passei a dizer, sem constrangimento, sou escritora, pois realmente tenho leitores. A mais recente biblioteca que leva meu nome é a de Jundiaí, do Instituto Divina Providência. Esta homenagem se deu em setembro de 2001.

O QUE VOCÊ TERIA PARA DIZER A SEUS LEITORES A RESPEITO DA IMPORTÂNCIA DA LEITURA?

• Queridos amigos leitores, voem, sonhem, sofram, briguem, pensem, viajem, riam com os livros, pois eles são gotas de vida. São nossos amigos mais íntimos, estão ali esperando por nós o tempo todo: é só estender a mão e pegá-los. Em casa, os seus preferidos, na escola e nas bibliotecas, tantos para você escolher... Eles valem quando você está lendo, mas também valerão para toda a vida! Até os que não são bons, pelo menos servem para afinar seu espírito crítico. Até logo, o meu abraço apertado.

ENTRE LINHAS COTIDIANO

Vínculos

Lúcia Pimentel Góes

Suplemento de leitura

Teresa e Rui estão casados há seis anos e, apesar de inúmeras tentativas, não conseguem ter filhos. Resolvem então adotar um bebê, que recebe o nome de Laura. Um ano depois da adoção, o casal acaba sendo surpreendido por uma gravidez: é Célia quem está vindo ao mundo e, dois anos mais tarde, Clara.

Os pais acabam não falando sobre a adoção com Laura, que na adolescência revela-se muito sensível e introspectiva, tem talento para a música e é muito estudiosa. Os conflitos entre ela e as irmãs são muito recorrentes. Isso faz com que Laura se isole cada vez mais do resto da família. Esse clima piora quando fica sabendo, de forma abrupta, que fora adotada.

Revoltada, Laura culpa os pais por não lhe terem dito a verdade e se afasta ainda mais da família. Volta toda a sua atenção para os estudos, a música e o namorado, Dênis, com quem divide seus medos e sua carência; porém, a morte prematura do rapaz faz com que se sinta novamente sozinha e desamparada.

Muda-se, então, para o Rio de Janeiro, a fim de reconstruir sua vida longe de tudo e de todos. Trabalha, estuda, milita em um comitê do PT, participando ativamente do momento de redemocratização pelo qual o Brasil estava passando. Contudo, uma gravidez inesperada e o nascimento da filha, Regina, contribuem para que Laura se reaproxime da família e compreenda que o amor entre mãe e filha é incondicional, e que ela sempre fora muito amada por toda a família.

Por dentro do texto

Personagens e enredo

1. Descreva a personalidade das três irmãs: Laura, Célia e Clara.

a) Que acontecimentos são esses?

b) Em que medida esses acontecimentos afetaram a vida de Laura?

Espaço

10. A narrativa se desenrola em dois espaços que marcam duas fases da vida de Laura: São Paulo e Rio de Janeiro. Complete o quadro abaixo, considerando os aspectos que demarcam essas duas fases.

	São Paulo	Rio de Janeiro
Vida familiar		
Preocupação com o contexto social		
Relacionamento amoroso		

Tempo

11. No início do primeiro capítulo, Teresa está se preparando para mudar-se de casa. Sua história anterior é retomada até o capítulo 5, da primeira parte. Esse procedimento recebe o nome de *flashback*.

a) Enumere alguns dos fatos relembrados por Teresa.

b) O que a autora consegue com a utilização desse recurso?

Linguagem

12. Releia o seguinte diálogo:

– Dênis está, provavelmente, com um processo neoplásico no estômago e no duodeno.
– O que isso significa, doutor?
– É um desenvolvimento anormal no crescimento das células, que pode ser maligno ou benigno.
– Câncer, dr. José?
– A natureza dos tumores só saberei depois de uma biópsia. (p. 65)

Nesse trecho, há vários termos próprios do *jargão médico*. Você sabe o que significa *jargão*? Faça uma consulta a um bom dicionário e traga para a classe outros exemplos desse tipo de linguagem.

Produção de textos

13. Releia o seguinte trecho extraído da obra e depois faça o que é pedido:

Pela primeira vez em muito tempo, sentiu nostalgia em lugar da irritação costumeira. Esqueceu as revoltas silenciosas, a própria agressividade. Lembrou que tivera dias felizes, descuidados, e que brincara como os meninos e meninas de sua rua, alegre e contente.

Reinava silêncio na noite. Levantou-se e escreveu uma poesia com versos de esperança e renovação. (p. 63)

A autora inúmeras vezes menciona que Laura extravasa seus sentimentos por meio da poesia. Baseado na situação transcrita acima, ou em outro momento vivido pela protagonista, escreva um poema tentando expressar os sentimentos de Laura.

14. Mesmo contrariando a vontade de Laura, Neide escreve uma carta para Teresa, contando sobre a gravidez da amiga. Se você estivesse na mesma situação de Neide, faria o mesmo? Defenda a sua posição em uma dissertação, procurando apresentar seus argumentos de forma clara e objetiva.

Atividades complementares

(Sugestões para História e Literatura)

15. No início do livro, menciona-se um fato político que marcou profundamente a história do Brasil: o golpe militar de março de 1964. Esse episódio trouxe grandes mudanças para a vida de todos os brasileiros, e suas consequências podem ser sentidas até

7. Não sabendo como reagir diante do ressentimento de Laurinha, Teresa resolve procurar a ajuda de um psicólogo. Que orientações a família recebeu desse profissional?

8. Um tema importante tratado no livro *Vínculos* é a morte.

a) Como Laura reagiu diante da morte de Dênis?

b) Qual a sua opinião a respeito dessa reação de Laura?

c) Como você agiria se estivesse no lugar dela?

9. A mudança de Laura para o Rio de Janeiro e sua nova vida lá coincidem com acontecimentos importantes no cenário político nacional.

2. Como e por que Laura fica sabendo que fora adotada?

3. Como Laura reage quando descobre que é filha adotiva?

4. Dê a sua opinião a respeito da reação de Laura quando soube a verdade. Como você reagiria se estivesse no lugar dela?

5. Por que Rui e Teresa adiaram contar a verdade a Laurinha?

6. Você concorda com a atitude dos pais de Laura de lhe ocultarem a verdade sobre a adoção? Justifique sua resposta.

os nossos dias. Faça uma pesquisa e procure saber as medidas de cerceamento à liberdade política adotadas pelos militares ao assumirem o poder e as formas de contestação ao novo regime. Se necessário, peça ajuda ao seu professor de História.

16. Para saber um pouco mais sobre esse momento político brasileiro, reúna-se com seus colegas e assista a um dos filmes indicados a seguir.

Jango. Direção: Sílvio Tendler, 1984. Esse filme mostra o Brasil da década de 1960, a deposição do presidente João Goulart pelos militares e as consequências do golpe para a vida dos brasileiros.
Chega de saudade. Direção: Sílvio Tendler, 1988. Panorama político e artístico do ano de 1968, no Brasil e no mundo.
Pra frente Brasil. Direção: Roberto Farias, 1983. Pacato cidadão de classe média é confundido com ativista político, preso e torturado por agentes federais.

Em seguida, elabore um texto de crítica ao filme.

17. O livro que você acabou de ler é dividido em quatro partes e cada uma delas é introduzida por uma epígrafe dos seguintes poetas: Carlos Drummond de Andrade, Fernando Pessoa, Guilherme de Almeida e Cecília Meireles. Escolha um deles e faça uma pesquisa sobre sua vida e obra.

Atual Editora